王退齋　著

王退齋詩選編委會　編

王退齋詩選

周退密科也
時年百又三歲

上海古籍出版社

圖書在版編目（CIP）數據

王退齋詩選／王退齋著；王退齋詩選編委會編選.
—上海：上海古籍出版社，2016.7
ISBN 978-7-5325-8121-4

Ⅰ.①王… Ⅱ.①王… ②王… Ⅲ.①詩集—中國—
當代 Ⅳ.①I227

中國版本圖書館 CIP 數據核字（2016）第 121052 號

封面繪畫：王退齋
封面題簽：周退密
裝幀設計：嚴克勤
責任編輯：祝伊湄
技術編輯：富　強

王退齋詩選

王退齋　著

王退齋詩選編委會　編選

上海世紀出版股份有限公司
上　海　古　籍　出　版　社　出版

（上海瑞金二路 272 號　郵政編碼 200020）

（1）網址：www.guji.com.cn

（2）E-mail：guji1@guji.com.cn

（3）易文網網址：www.ewen.co

上海世紀出版股份有限公司發行中心發行經銷

蘇州越洋印刷有限公司印刷

開本 890×1240　1/32　印張 8.375　插頁 8　字數 200,000
2016 年 7 月第 1 版　2016 年 7 月第 1 次印刷
ISBN 978-7-5325-8121-4

Ⅰ·3074　精裝定價：58.00 元

如有質量問題，請與承印公司聯繫

王退齋像

王退齋江蘇省立教育學院畢業照
（1933 年）

王退齋畫作

夫贈人以財貨不如贈人以言蓋財貨之用
有盡而言用無窮古人臨別贈言良有以
也今秋兒于歸即將遠行余無以為贈愛
摭拾古今人名言若干則暨歷年所作與
秋兒詩若干首錄以畀之俾常以自隨隨
時辰玩索庶幾有益於身心裨補於事業並
俾而知余愛子之情深焉

秋兒天性孝友嘗以離家日久書枉少陵每
逢佳節倍思親之句以告頃自京歸措名酒佳

也孝親之道不貴養其口體而貴能養其志
遵親之教顯親之名余平昔諄諄告誡之言所
望於兒曹者要皆閭立身行事敦品勵學乃
至報效國家服務人民之旨期能心領體會之
勿誤為迂闊而忽之則余心之慰慰實甚矣
立德立功立言三不朽不能立德其次立
功不能立功其次立言不朽則與草木同腐耳然
則吾人當知所勉矣

公元一九六五年七月二日書付
秋兒存念
眉廬時年六十

王退齋家書

王退齋紀念館

管中窺豹識清吟知是海
陵儒雅音安得宏篇秋恒
讀一燈開照賞詩心 奉題
退齋詩鈔問世　蘇步青

蘇步青爲《退齋詩鈔》題詩

王退齋詩選編委會

王退齋詩選序

吳孟慶

泰州人杰地靈。明代以王艮爲代表的泰州學派,曾爲中國學術文化的承上啓下創新發展,培養了衆多人才,成爲泰州光輝的文化遺産。爲了繼承和發揚這一優秀傳統,今年泰州市將舉辦一系列文化紀念活動,出版《王退齋詩選》,即是其中一項。這件事得到泰州市委、市政府及有關文化部門的鼎力支持。王退齋先生(1906—2003)作爲泰州鄉賢、王氏後人,幼承庭訓,喜好詩詞,從小即有詩名。以後從事教育工作,仍以吟咏爲樂。1984年受聘爲上海市文史研究館館員,先後參加多種詩詞組織,並任文史館春潮詩社副社長。自兹交游更廣,寫作更多。數十年中纍計作詩逾萬首,有"萬首詩翁"之稱譽。本詩集是從其自選詩集《退齋詩鈔》(1994年出版)的一千多首詩詞中,選取三百首左右編輯整理而成。雖難免有遺珠之憾,但窺豹一斑,讀者仍可從中領略這位碩學詩人及詩詞所展示的詩教傳統、詩史擔當和詩意生活。

一、詩教傳統。泰州學派核心人物"淮南三王"(王艮、王棟、王襞),都非常重視詩的道德教化功能,強調以教爲詩,德行爲重,不以爭妍鬥巧而舍本逐末。王退齋的詩繼承了這一傳統。他的詩思想性強,充溢着積極進取精神和愛國主義思想。體現在儒家"修身、齊家、治國、平天下"各個方面,並與時俱進。他在 30 歲後逢十生辰,每以七律四首述懷,檢點以往,寄語未來。1984 年,先生被市長汪道涵聘爲上海市文史研究館館員。他倍受鼓舞,表示生逢盛世,當努力報效國家,"重燃蠟炬將灰焰,再吐春蠶未盡絲,伏櫪遙聞金鼓振,還思踴躍效驅馳"。"文化大革命"中,他的幾個孩子或分配到外地工作,或安排到外省插隊落戶,他都作詩勉勵,諄諄告誡。除分別爲孩子們作喻兒詩外,又寫五言十首,從"人生貴立志,庶不虛此生"開頭,至"慎茲數十載,一日不可忽"作結,五百箴言,縱論立志、品節、倫理、學識和生活各個方面。舐犢之情,縈繞於懷,家風儒素,貫穿其中。書掛於家中,以此爲訓。孩子們在良好家風熏陶下得以健康成長。在中學讀書時,即仿效南宋末吳潛和明末張溥、陳子龍等愛國志士,與老師仲一侯等組織"來復詩社"。抗日戰爭時期,又參與邑中詩人組織"泰社",提倡愛國主義與民族氣節。在南京教育部辭職回鄉任教期間,特選古代愛國詩人作品爲教材,以愛國思想激勵學生,並支持學生投奔解放區參加抗日。在《恭讀先世家傳書後》等詩篇中,先生追思先德清芬、緬懷前人高風,"紹遺緒於先人"、"喜傳薪於後進"(先生文句)。敬老崇文,溢於言表,道德文章,一脈相承。1992 年,有感於新形勢下社會風氣丕變,人心不古,先生以《正心吟》七律六首應和新加坡新聲詩社社長張濟川。主張"景行維賢遵古訓"、"弘揚詩教正人心"。"比似導航方向定,任他風浪亂紛紛",寫出了老詩友間"春風化雨"的教育責任感和不隨流俗的浩然之氣。

二、詩史擔當。以史爲鑒,以史育人,是詩教的重要方面。身處急劇變化的多事之秋,先生以傳統知識分子的人生經歷和感悟,用詩詞記事抒情言志,不少篇什可當歷史來讀。1931年,在和杜工部《秋興》韻七律八首中,作爲熱血青年,面對日寇侵略、軍閥混戰的形勢,作者抒發了"有懷投筆"、"無路請纓"的憂國憂民情愫。翌年,作《咏史》十五首,歷數中國封建帝王多行不義、終至覆國亡身的史實,以古喻今,意在喚醒執政當局以社稷爲重,清明政治,還政於民。1937年7月盧溝橋事變,中國駐軍奮起還擊,先生作詩贊賞"敵愾同仇齊禦侮"的士氣。1941年初,海陵(泰州)易幟,則以詩抨擊國民黨軍擁兵自重、文恬武嬉的現象:"烽烟四面來何急,簫管三更尚未休。"同時,又表達老百姓簞食壺漿,支持軍隊抗戰到底的期盼。同年冬,先生與江蘇省立教育學院同學赴南京請願,要求中央政府"速停內戰"、"挽救危亡"。他被同學推薦起草請願書,携往南京面呈當局。所作《晉京請願紀行》長詩,記敘了這一壯舉,曾刊登於當時《泰報》。在《欣聞抗戰勝利》和《滬上吟》諸篇中,作者在歡呼勝利的同時,揭露國民黨在抗戰勝利後脫離人民、貪污腐敗的行徑。接收大員中飽私囊,將"接收"變成"劫收",人民群衆"饑餒復相侵"、"人心都怨艾"。表現了詩人身在江海、心馳魏闕的胸懷。新中國成立後,作者的詩作更多的是歌頌新社會、新成就,如長詩《喜聞成昆鐵路建成通車》。成昆鐵路自1958年開工至1970年通車,歷時十二年,期間又遇上三年困難時期和十年大動亂的歲月。鐵路途經萬水千山,工程艱巨世界少有。作者由衷讚頌工程建設者"鑿嶺穿崖隧道通,劈山斬水橋梁建"的創業奮鬥精神。"文化大革命"後,先生心情舒暢,以詩詞批判"四人幫"的倒行逆施,歌頌黨的"解放思想、實事求是"思想路綫。1979年8月,杭州岳飛廟修復,先生以《滿江紅》詞肯定這一"興廟貌、彰忠烈、修墓闕、表芳迹"的落實政策行動,讚揚其是"振綱常、群情悦"的順應民心之舉。孔子曰:"詩可以興,可以觀,可以群,可以怨。"先生在詩詞中表現的興、觀、群、怨,從特定視角反映人民群衆的喜怒哀樂,表現了作者的詩史擔當。

三、詩意生活。退齋先生的一生,或"馬帳傳經,鄉黌執教","或樂名山事業,勤著述於千秋;或歌盛世風光,躭謳吟於暇日"。其工作和生活,都與詩詞結合在一起。詩作題材之廣,數量之多都是少有的。他以詩會友,座有鴻儒;問津學海,庭多益友。與周谷城、蘇步青等教育界人士詩詞往來,與蘇局仙、柳北野等文史館同人唱和切磋。如先生曾以《水仙花》十絶一律示沈瘦石館員,沈答以《減字木蘭花》詞,先生又依韵和之,詞中"清詞秀句,喚起湘魂渾欲語,彩筆通神,寫出凌波玉貌真"句,沈評之爲"丰神綺麗,仙骨珊珊"。"自有吾心樂,更無居室虞。

室下高人榻,門停長者車"(《陋廬歌贈主人陳玉清》),是這一代學人的生活剪影。而詩藝之長,亦在其中矣。先生幼時,父親即教以作詩先從咏物入手,既要切題又要有寄托。其少年時的咏春筍詩,曾得著名詩人柳亞子賞和,傳爲佳話。他的咏物、紀游詩,精彩紛呈。寫魏紫姚黄,錦團艷陽;碧桃海棠,羞怯掩芳。即便是秋柳殘梅,亦都楚楚動人,釋放着愛心善意。《九秋咏》取秋風、秋雲、秋扇、秋蟬等,一物而知秋,微言大義;《九老咏》取老馬、老鷹、老猿、老牛等,皆托物言志,寓意深遠。先生游歷過許多地方,都有詩詞紀之。自謂"萬里雲山留屐印,九州風月入詩囊"(《八十生朝述懷》)。1984 年秋,他與上海文史研究館同人赴北京參觀訪問,作詩詞數十首。《沁園春》詞寫道:"喜新天日月,中興氣象,無邊烟景,豁我胸襟。十日游程,一囊收獲,快意平生是此行。留鴻爪,覺賦詩萬首,難盡心聲。"在北京市文史研究館餞別席上,又代表上海館全體同人賦詩致謝。而這樣的即席應對,先生常被推舉作代表,作詩書畫,雖年屆耄耋猶樂此不疲。深厚的文史積纍,加之深入生活,勤於寫作,練就了信手拈來的功夫,詩章大處落筆,明白曉暢,直指人心。自繪自題是其詩作的另一特色。先生早年從師學國畫,由人物仕女入手,兼學花卉。先後多次參加江蘇、上海舉辦的畫展。每作畫,大多題寫自作詩詞,藉以增加畫意。所繪《紅樓夢故事圖》十幅,每幅題七律一首,圖文并茂,堪稱精品力作。尤喜畫人像,曾應有關方面邀請,爲馬寅初、梅蘭芳、柳亞子、傅抱石、蘇局仙

等著名人物畫像，以供展覽存世。其書法以行書爲主，頗有二
王風神，曾參加過多次書法展。作品爲多家書刊連載，或文化
單位及個人收藏。詩、書、畫珠聯璧合，盡顯作者的不凡才藝和
高雅的生活情趣。

　　今年正值王退齋先生110歲誕辰紀念，謹以此向先生致以
深切緬懷和敬意。

　　　　　　　　　　作者爲上海市文史館館員，原館長

退齋詩鈔序

　　海陵王君退齋，詩人而兼畫家，與僕等共結半江詩畫社于
滬濱。詩畫社者，以詩爲主，以畫爲輔。兼收而并畜，以文而會
友。藉此相互砥礪切磋，以相發明提高者也。然自來能詩者，
未必能畫，能畫者未必能詩。唐宋以來，詩人而兼畫家，卓然以
垂名於後世者，若王輞川之詩中有畫，畫中有詩；若鄭虔之三
絕，若東坡居士之詩文書畫，蓋不多覯焉。近世詩人而兼畫家，
吳缶廬一人其突出者也。退齋畫既工，詩亦富，在朋儕中堪稱
詩畫名家。退齋之畫，擅長工筆仕女人物，晚年尤喜作朱墨梅
花，旁及百卉；并擅寫真，嘗爲當代南北兩壽星百歲老人蘇局
仙、馬寅初繪行樂圖，名家競題，爲世所重。退齋之詩，無唐宋
畛域，無門户之見，不宗一家，兼取衆長，其于李、杜、香山、玉
谿、樊川、劍南、梅村、漁洋諸家致力尤深，早年所作如《胡蝶
曲》，回環宛轉、纏綿悱惻，乃從《長恨歌》《圓圓曲》脱胎而出。
抗日戰爭時期，所爲詩尤多慷慨激昂，讀之令人奮發。如《咏

史》七律句云："漢上分旄張左翼，江東易幟污清流。南州冠冕來群彦，知否人間尚有羞。""朝中弼士多麟楦，闕外將軍盡蠟槍。攻守戰和全失措，親仇敵我竟都忘。"直使賣國求榮之輩無地自容。《海陵易幟》七律句云："人民城郭都無恙，匕鬯絃歌總不驚。唯有畫堂雙燕子，呢喃解道主人更。"讀之感喟萬端。抗日勝利後《丁亥書憤》七律句云："九州早已經收復，四海何曾解倒懸。治國無能徒竊位，殘民以逞恃當權。諸公有口誠何用，噤若寒蟬盡啞然。"將當時貪官污吏，尸位素餐者筆誅口伐，淋漓盡致，令人稱快。又如仿白樂天《秦中吟》而作之《滬上吟》，若《地下人》、《劫收》、《撫民》、《救濟》、《配金》等五古諸篇，刻劃暴露統治者之殘酷壓迫，與夫小民之水深火熱尤入木三分，堪與白樂天新樂府媲美并重。退齋七律更以咏物見長，如其童年所作《咏春筍》七律云："茂林蔭下托根樓，密籜重重相護持。大節而今猶未著，新芽初露已稱奇。干霄有待期他日，脫穎何當趁此時。欲見琅玕成鳳彩，及時雨露幸常施。"寄托遥深，寓意高遠，求之古人集中亦不可多得。其以後所作咏物詩，尤多佳句。如《秋蟲》云："莫道墙陰無覓處，須知天下已商聲。"《秋風》云："廣厦未成茅屋破，綈袍待贈褲襦慳。"《秋雲》云："不爲霖雨成何用，祇恐西風又卷來。"《秋月》云："纔逢圓滿俄成缺，盼到團圞轉又虧。"《秋扇》云："行藏無定因時異，用舍由人自主難。"《老馬》云："乞幨誰市千金骨，伏櫪猶存萬里心。"《老鷹》云："曾與鯤鵬爭上下，恥隨犬馬論勛功。"《老狐》云："善能媚俗工妖態,慣事欺人仗虎威。"《老鷄》云:"羞與微蟲争得失,恥隨小犬作神仙。"《老猿》云:"在谷幾曾抛涕淚,登場深悔著衣冠。"《老虎》云:"眼中傀儡皆倀鬼,天下衣冠半使君。"其寓情文字,皮裏陽秋,直秉董狐之筆,可作史詩讀矣。至於游覽、懷古、獻酬、贈答、感舊、咏懷諸什,律絕歌行,諸體悉備,佳句如林,美不勝收。其游覽詩如《游惠山》句云:"石上觀魚知彼樂,林陰品茗學人閑。"《游小箕山》句云:"在水中央看日冷,登峰高處覺天低。"《游莫愁湖》句云:"水色山光籠四野,英雄兒女各千秋。霸圖成敗隨棋局,世事興亡付酒甌。"《項王廟》句云:"終因鬥智輸劉季,不欲傷仁斥項莊。"《游棲霞山》句云:"紅葉待看秋後樹,白雲閑繞雨餘峰。"《留園》句云:"水榭雲廊饒畫意,柳風桐露罥詩魂。"《南湖》句云:"烟雨樓台留古迹,風雲際會肇新邦。"《重游金陵》絕句云:"雨花臺下葬忠骸,取義成仁亦壯哉。烈士在天應一笑,江山終換主人來。"《訪靈隱》絕句云:"天開一綫見穹蒼,洞裏幽幽此得光。喚起低眉諸古佛,也應放眼看新邦。"凡此含意清新,造境不凡,皆人所欲言而未能道者,豈非絶妙好詩乎。至其懷舊詩草,多至五六十人,各繫七律一首,情意拳拳,肝膽相照,瑩徹肺腑,足見其於師友鄉邦,風義獨厚。蓋退齋幼承家學,其先世業儒,曾祖左亭公、祖伯生公、父笑雲公,皆以詩文名家,入州志文苑傳。退齋年未弱冠,即從同邑南社詩人仲一侯受詩教。其後又與高壽徵、羅君惕等先後組"來復社"及"泰社",以風雅相標榜。解放後曾參加上海"樂天詩社",爲社中健將之一。殆其所積者厚,所交者廣,源遠流長,故能情詞并茂,戛戛獨造,非偶然也。孔子曰:"詩可以興,可以觀,可以群,可以怨。"吾讀退齋之詩,其於興、觀、群、怨,克以當之,益信而有徵,是可傳矣。今其鄉邦時彥,文史領導,欲褒其集付之剞劂。俾供同好,斯盛世之丕業,文壇之奕響也。

　　　　　　　　　　　壬戌暮春四明柳北野序

退齋先生詩鈔選集序

海陵王治平先生，爲余中學時代之老師。先生尊人笑雲孝廉，經學精湛，才華贍艷，有江東才子之目。先生幼承庭訓，濡染既深，浸潯日廣，詩詞駢文，書法繪事，靡不精妙，而尤邃於詩。先生曾任時敏中學教導主任兼國文教員，循循善誘，作育多方，莘莘學子，咸蒙沾溉，余既厠列門墻，屢邀獎飾，耳提面命，受益良多。抗戰勝利，先生赴滬任教，不親道範者三十餘年，客歲之杪，先生應邀返鄉，助修州志，以詩稿見示，拜讀之餘，覺摛文擅藻，戞玉鳴金，憂國之情，溢於楮墨，解放後頌新天之雨露，贊建國之宏規。意新語工，誠中形外，洵爲一代之詩史，亦數十年鄉邦文獻之珍，極請於當軸，爲付剞劂，以爲海陵詩徵之續，余既爲校閱一過，復綴數語，以志發刊之由，并紀新邦文運之盛焉。

壬戌孟冬同里門人楊本義謹序

目　　録

詞　選

詩選

咏 史

七絕十五首　壬申冬日　一九三二年

夏 桀

暴桀曾誇比太陽，民歌余及汝偕亡。

一篇湯誓今重讀，不痛前王痛後王。

【注】

夏桀自比太陽。《尚書·湯誓》篇"時日曷喪，余及汝偕亡"。

殷 紂

拒諫飾非枉負才，三仁盡去寵廉來。

有臣千萬成何用，終致焚身殞鹿臺。

【注】

殷紂智足以拒諫，才足以飾非。殷有三仁焉，微

子去之,箕子爲之奴,比干諫而死,見《論語》。飛廉、
惡來,紂之寵臣。紂有臣億萬心(見《尚書》)。紂王
最後在鹿臺自焚而死。

周厲王

防民之口勝防川,弭謗難禁虐政傳。
不義多行終自斃,爲民共棄固宜然。

周幽王

美人一笑戲諸侯,失信從來致禍由。
覆國亡身皆自取,古今豈獨一周幽。

秦始皇

峻法嚴刑肆暴殘,更鉗民口示三緘。
寧知黔首全無畏,一怒亡秦在揭竿。

漢高祖

分羹一語滅人倫,功狗烹屠太不仁。

勢逼乞憐惟惜命，功成負義競仇恩。

項　羽

扛鼎徒誇蓋世雄，楚歌四面嘆途窮。
終因鬥智輸劉季，枉把頭顱贈呂童。

漢武帝

罪及無言刑腹非，信讒刻忌禍親兒。
欲求不死終無藥，一詔輪臺悔已遲。

王　莽

苛政頻繁失主張，朝更夕變太荒唐。
嗟民手足全無措，不待昆陽一戰亡。

曹　操

奸雄險語絕人倫，天下寧教我負人。
疑冢親營七十二，也知死後莫全身。

隋煬帝

大好頭顱誰斫之，楊婁一語解人頤。
可憐後世風流主，攬鏡嬉嬉不自知。

唐太宗

疑似之間盡戮之，防微杜漸費深思。
豈知他日移唐祚，原是更衣入侍兒。

【注】

　　袁天罡謂太宗曰："女主武王，代有天下。"太宗
曰："可於疑似之間盡殺之。"天罡曰："其人已在宮
中，徒殺無益。"

武則天

燕啄皇孫絕可哀，誅除異己用周來。
朝廷漸覺空如洗，始信能臣是禍胎。

宋太祖

榻旁不許他人臥，塞外偏容胡騎屯。
杯酒能教兵柄釋，山河無復版圖完。

明太祖

赤族株連瓜蔓抄，功人功狗俱難逃。
獄興文字施廷杖，殘暴荒唐勝列朝。

金陵懷古

七絕十首　丁丑夏余供職教育部　一九三七年

東　吳

虎踞龍蟠地勢雄，孫郎創業鎮江東。
當時若聽張昭計，三世經營一旦空。

東　晉

過江人物盡風流，半壁江山不自羞。
徒向新亭揮涕淚，不從舊籍復神州。

劉　裕

寄奴功業不平凡，恢復中原指顧間。
不向强胡收失地，却從孱主奮江山。

蕭道成

蕭郎神武似曹瞞，欲展雄圖事亦難。
安得黃金同土價，雞鳴講武枉心殫。

梁武帝

梁主仁柔欠主張，爲憐窮促納虛降。
豈知反側終難服，竟至臺城作餓皇。

陳叔寶

叔寶心肝竟有無，隋師已渡尚酣歌。
承恩江孔知何去，一井胭脂受辱多。

李後主

衣冠文物數南唐，二主風流政事荒。
四十年來家國久，一朝辭廟賦倉皇。

明太祖

鐵瓮金城豈易開，寧知燕子竟飛來。
爲憐一棵孫枝弱，衣鉢留傳亦可哀。

南　明

倉皇擁立小朝庭，剩有孤臣涕淚零。
庸主荒唐奸相暴，可憐社稷已無靈。

江左偏安難苟全，前朝興廢不須憐。
鍾山王氣今何在，北望烟塵一慨然。

蘆溝烽火

一九三七年七月七日，日軍侵略蘆溝橋，我駐軍宋哲
元部奮起還擊，全國人心爲之一振，自是全國抗戰開始。

蘆溝烽火燭天明，抗戰初聞第一聲。
振奮人心寒敵膽，發揚士氣洽民情。
三軍踴躍揮戈起，四億昂揚擁盾行。
敵愾同仇齊禦侮，不愁倭寇不能平。

海陵易幟
辛巳正月十八日　一九四一年　四首選二

雄城十萬擁貔貅，保境安民歷數秋。
文武嬉恬何以戰，軍民宴樂漸忘憂。

烽烟四面來何急，簫管三更尚未休。

一曲琵琶翻別調，依然歌舞唱無愁。

柳營春色暫平分，分道揚鑣各一軍。

主將移師兵渡水，偏裨駐節騎屯雲。

河干冠蓋千官集，陌上旌旗幾隊紛。

最是臨岐情誼重，壺漿簞食意殷殷。

欣聞抗戰勝利

一九四五年（乙酉）八月十五日，日本天皇宣告無條件
投降，大戰結束。

抗戰八年今獲勝，捷報傳來人心奮。

還我山河復我疆，神州四億精神振。

倭酋俛首乞投降，碎尸萬段難消恨。

慨自日寇侵遼東，猖狂肆虐罪無窮。

山河千里遭蹂躪，同胞百萬死凶鋒。

耳聞目睹多少事，慘絕人寰前史空。

猶記首都淪陷日，秦淮河水血流赤。

十室九空無人烟,江南掃蕩三光策。

寇占大小諸城市,燒殺搶掠殊無已。

獸行更比虎狼殘,同胞多少遭慘死。

吾邑三度被轟炸,血肉橫飛死彈下。

閭閻一日起數驚,生死須臾無晝夜。

自從辛巳春易幟,敵寇長驅來我邑。

黑雲壓城日無光,蛋霧彌天寇焰熾。

污辱婦女發獸性,慘殺車夫投河側。

夜深牽犬入民家,夢中驚醒禍不測。

捕風捉影逮青年,酷刑考掠情慘絕。

罄竹難書罪如山,每一回憶心膽裂。

腐心切齒豈能忘,血債定須還一一。

嗚呼,窮兵黷武必自敗,墨魔希怪今安在。

日寇而今國亦亡,侵略從茲應足戒。

願從國際弭戰爭,實現和平新世界。

【注】

三光策:日寇在江南一帶實行"殺光、燒光、搶光"三光政策。

辛巳春易幟:一九四一年正月十七日李長江易幟。

酷刑考掠：日寇兵營中有老虎凳、電刑、烙鐵刑等殘酷刑具，逼迫被逮青年含冤招供。

寄　望

乙酉秋

外患消除弭內憂，此心寄望倘能酬。

山河破碎經收復，社稷安危賴共謀。

應察民心知背向，盍思國步泯恩仇。

從茲共舉興邦業，戮力同心展蓋籌。

試從青史觀成敗，得失無非自取將。

革命都由民憤極，寇邊原自國防荒。

嬴秦失鹿緣行暴，趙宋喪邦不自強。

願攬民心施善政，更充國力固邊疆。

獨　嘆

當國臨民二十年，民生憔悴嘆空前。
十年內戰傷顛沛，八載淪亡苦倒懸。
未見蒼天施雨露，又看赤地起烽烟。
試聽四海歌湯誓，何日神州見舜天。

蚩霧彌天宇宙昏，豺狼當道鼠狐屯。
人能不恨除心死，我欲無言恥舌存。
枉以痴情寄堯舜，誓將熱血薦軒轅。
人間今世誠何世，直欲乘風叩九閽。

地下人

抗戰勝利之初敵偽投降，政府即委派偽軍官為某某司
令，頭銜赫赫，布告皇皇，人民見之殊深駭怪，偵之，乃知所

謂地下人也。

昨爲附寇賊，今爲勝利官。

何時鑽地下，依舊在人間。

面目曾未改，身份不同看。

皇皇張布告，赫赫耀頭銜。

民憤焚如火，血債積如山。

彈冠膺新命，爵賞喜榮頒。

可憐我小民，何處訴沉冤。

綱紀竟何在，刑賞悉顛翻。

嗚呼今何世，禽獸盡衣冠。

劫　收

勝利後日僞竊據之工廠、倉庫、商埠及一切機關學校
財産物資，皆由經濟部派員接收，敵僞既無移交册，接收人
員盡情中飽，時謂之劫收。

敵僞盤踞久，搜括數春秋。

一朝解甲去，委棄若山丘。

件件物資上，斑斑血淚流。

中樞派員吏，一一予接收。

肥缺殊難得，如饑似渴求。

何幸而得此，斯爲致富由。

囊括無厭足，傾筐倒匣搜。

若能裝載去，屋瓦亦不留。

上下相携手，誰復爲徹究。

行同劫篋盜，所以號劫收。

救　濟

　　勝利後政府設救濟委員會，原爲對在淪陷期中受難之貧苦人民目前尚無職業予以救濟，發給物資現金以維生活，但實際上大部分物資現金被經辦者中飽，其手段高明，出人料外。

戰禍經時久，生民罹害深。

苟全幸免難，饑餒復相侵。

面目都憔悴，呻吟盡慘音。

嗷嗷若待哺，大旱望雲霓。

忽聞福音降，感激涕淚零。

何期經辦者，辣手更橫心。

層層加剝削，手段實高明。

捏名虛造册，領物代簽名。

欲壑填難滿，私囊塞不盈。

貧民拿到手，十九化爲零。

恭讀先世家傳書後

庚辰十一月　一九四〇年

先曾王父左亭公

左亭公諱輔,晚號雪蕉居士,又號匏尊老人,清貢生。州辟孝廉方正,不就。以詩名,為芸香詩社社長,著有《雪蕉草堂詩草》。收藏古泉甚多,著《環錢所見記》。興化詩人徐鶴峰流寓泰州,病歿,貧無以殮,公為營喪葬、立碑,時人稱之。入《泰州志‧文苑傳》,《揚州府志‧隱逸傳》。

守貞抱朴性怡然,管領風騷四十年。
不事王侯高志節,惟躭詩酒號神仙。
一抔土掩哀亡友,廿載尊還孝感天。
邑乘留芳垂兩傳,家珍遺草有千篇。

【注】

惟躭句:同時詩人鄒爾山稱之為"詩酒神仙"。

廿載句:家有匏尊,先世明嘉靖禮部郎中近灣公敬遺物,累世以爲宗器,至先高祖時被竊,公日夜思之,二十年後復覓得之。

先王父伯笙公

譁致祥,清優增生。少有神童之目,業師常增以其二十歲以前作品號"雛清集"。以軍功授安徽府同知,州志有傳。

王父高風夙昔聞,追思先德仰清芬。
文成繡虎爭延譽,功叙圖麟不受勛。
誠足攻心安反側,孝能竭力報劬勤。
千秋一傳留文苑,耆舊常稱司馬君。

【注】

功叙句:公曾佐袁甲三軍幕,招撫群盜有功,保授府同知,旋即辭歸奉母,以課徒爲生。

孝能句:母年八十餘病篤,公割股療之,病瘳。

先伯考心沂公

譁效曾,改名荃,一字詠梅,清諸生。篤行好學,博通經史,任塘頭于太史家西席二十餘年。

士林一代仰師儒，行誼真堪作楷模。

執敬居恭崇四勿，穿經穴史惜三餘。

贈金畜子延人嗣，共爨終身重友于。

氣宇望知門下士，等身著述篋中書。

【注】

執敬句：公規行矩步，一生無戲言微行。

穿經句：公課徒之暇，寢饋經籍勤著述。

贈金句：鄰人餅師劉某無子，公贈以金命撫螟蛉。及長，復贈金爲婚娶。

共爨句：家無恒産，先王父早卒。公長于先嚴十餘歲，先嚴幼生計惟恃公館金維持，終身未分居。

氣宇句：公之門人皆恭謹誠篤，望而知之，邑中甚稱道之。

等身句：公著有《四書隨筆》、《黄河南北考》、《孔孟年表》、《左氏分門》等書，待梓。

先考笑雲公

諱蓀，原名效鰲，一字孝芸，清光緒壬午科副舉人。曾任八旗官學教習，授直隸州州判，殁於民國十三年，壽七十一歲，事迹入民國《泰州志》。

昔聞父執道先人,行誼文章世所珍。

四傑掄才推第一,九聲絕學號無倫。

嶙峋風骨由天縱,磊落襟懷自性真。

早擅盛名蜚薄海,晚興教育化齊民。

【注】

四傑句:公與南通范當世、泰興朱銘盤、同邑劉法曾,皆受知于黃體芳學使,稱"江東四傑",公爲第一。

九聲句:公精研韵學,發明每字平仄九聲,設環球韵學研究所,曾奉馮大總統批,有"毋使絕學失傳"句。

早擅二句:公早歲以第一名入泮,黃學使以其文揭榜首,令同案生員抄讀之,稱爲江東第一才子。中年研究音韵學,名播海內,四方學者多來請益,自京歸里辦平民學校及如男女校,爲吾邑女校先聲。

憶袁康侯夫子

諱祖成,邑人,清諸生。受業於先嚴,民初任東海縣知事,除暴安良,稱青天。歸里創辦淮東中學任校長,毀家興學,慷慨好義,思想進步,疾惡如仇。民十六年春聯軍餘孽陷泰城,被捕罵賊不屈,遇害。與王慎之世伯同日殉難,邑人呈請中央批准爲烈士,建碑紀念。

師門憶昔受恩深,未報涓埃愧此心。
玉筍班超蒙拔擢,水經注奧命探尋。
爲文有物邀青眼,期我成材具赤忱。
四十餘年回首處,臨風悵望欲沾襟。

【注】

玉筍句:公將余從初二超級升入高二,親受其課。

水經句:公命余研究水利,授書多冊。

爲文句:公評余文稱言中有物,堪稱合作。

憶王慎之世伯

諱思源,邑人。與先嚴厚同倡平民教育、女子教育,樂善好施,毀家興學,邑中稱賢,與袁師同遇害。

誼切通家父執親，聲音笑貌記猶新。

救亡有識稱先覺，蹈死無辭不害仁。

國史千秋傳烈士，鄉評萬口道完人。

高風亮節垂桑梓，天壤長留正氣存。

憶韓止叟世伯

　　諱國鈞，邑之海安鎮人，清舉人。民初兩任江蘇省長，兼理軍務，退居後受聘爲導淮委員會委員長。珍視鄉里文獻，選刻先賢詩文集名《海陵叢刻》。抗戰期中主國共合作共同禦侮，日僞相逼，堅拒之。避居徐家莊，憂憤而卒。

檢點遺書數頁存，殷然手迹墨痕新。

蒼顏屢謁春風暖，青眼常加冬日溫。

兩世論交尊父執，一箋贊誄見情親。

天風海浪知何去，遺句吟來淚滿巾。

【注】

　　先嚴逝世公爲題像贊云："文字崢嶸萬口傳，無端哀樂感中年。當時我亦曾披誦，記取春風得意篇。""推闡宮商得九聲，千秋絕學幾人明。如何便説

儒冠悮,寂寞終留身後名。""與君皓首談玄日,正是
吳陵夜泊時。今日人琴俱己杳,天風海浪竟何之。"

望重鄉邦齒德尊,一生行誼礪群倫。
功垂民社留遺愛,身繫安危不憚辛。
力贊新邦成大業,堅持晚節作完人。
愁遺一老天何吝,未睹澄清邁上賓。

【注】

公之歿,陳毅元帥贈以挽詩云:"忍視神州竟陸
沉,幾人酣睡幾人醒。堅持晚節昭千古,誓挽狂瀾勵
後生。禦侮力排朋黨論,同仇謀止鬩墻爭。海陵自
古多人傑,信國南歸又見君。"

憶王蘭谷世伯

名國謀,邑人。江蘇省議員,有直聲。晚歲任泰縣救
濟院長、修志局總纂、古物保管委員會委員,精藥物學、古
泉幣考、文字學,嫻熟地方掌故,著述頗富。愛友,好客樂
善,和藹可親。與先嚴交厚,病篤時來存問多次。曾浼余
襄修縣志。

一鄉民望著清聲，胞與爲懷世所傾。

諤諤直聲崇議席，恂恂古道重鄉評。

光風霽月舒懷抱，流水行雲見性情。

晚歲著書修邑乘，可憐賫志未能成。

計別人天三十春，每思聲欬欲愴神。

躭游屢伴東山屐，好客常開北海樽。

遇我頻加青眼熱，待人真具赤心溫。

不知舊日青箱屋，杖履琴尊可復存。

憶蕭自如世伯

諱然，邑人，清諸生。與先嚴交厚，擅駢文，工書法，尤長於八分書。任時敏中學、縣立中學教員多年。民十六年聯軍與北伐軍爭奪城池，縣官逃遁，公被推主持縣政三次，闔邑賴以安寧，民甚德之。公性沖和廉讓，清操自守，爲鄉人所推崇。歷任縣知事多年，清風兩袖歸來。

鄉邦民望素推崇，父老難忘弭亂功。

震撼危疑維大局，溫恭廉讓著高風。

文章雅擅南朝體，書法遙師北魏宗。

早脫塵鞅成市隱，人天久別渺雲踪。

懷仲一侯師

　　名中，一名率民，少卿太夫子之子。自幼能詩文，畢業於南京測繪學校，曾任泰縣建設局科長、古物保管委員會主任委員、泰縣修委局分纂。詩工五律，詞兼姜吳蘇辛。早歲即入南社，與柳亞子交誼甚篤，頗多唱和。余幼年從其學詩，組來復社，抗戰期中組泰社。解放後受聘爲政協常務委員與高壽微副主席等共興風雅，一時稱盛。

盈盈秋色記師門，深柳堂前菊應繁。

晚景婆娑新歲月，故園徙倚舊琴尊。

山河氣象供詩料，文采風流繫夢魂。

坐對白頭酬唱侶，他年金玉集雙存。

【注】

　　坐對二句：師母陳紉蘭亦能詩詞。

懷凌會五學兄

名鴻齡，邑人。早孤家貧，賴母氏勞動以生。與余同中學，交甚厚。每散課，余至其家同温功課，常至夜分。一燈熒然，母氏澣濯其旁，其景如昨。畢業後，服務一年，考入北京師範大學體育系。畢業後，留校任助教。

憶昔同窗手足親，零丁身世倍酸辛。

冰霜共啖熊丸苦，雨露同沾馬帳春。

錫我箴言金石重，欽君品誼瑾瑜珍。

燕臺一去音塵杳，北望雲天每悵神。

【注】

冰霜句：余亦早孤家貧，賴堂上大人教養，殆與君同。

雨露句：余與君同考入淮東中學讀書，無力繳學雜費，校長袁康侯命以繕寫講義代納費，嗣見余二人勤懇讀書，乃命停止，以重學習。

錫我句：君每戒余謙虛謹慎，勿與人爭勝、計較得失。

　　燕臺二句：後於一九七一年秋相晤于蘭州甘肅
師範學院，渠任教授有年。

三十弧辰紀事

乙亥重陽後二日，自京返里，來復社同仁宴集于仲一侯師宅深柳堂。是日爲余三十生辰。

春秋鼎盛日中天，正是男兒立業年。
賈誼憂時徒有淚，孟嘗報國惜無緣。
不知米價慚痴叔，欲靖胡沙笑謫仙。
自顧樗材非世用，合藏敝帚謝人憐。

【注】

不知句：晉王述年三十聲名未著，人稱痴叔。王導問以江東米價，述不答，王導曰"王掾不痴"。

欲靖句：李白詩："但用東山謝安石，爲君談笑静胡沙。"

四十初度述懷

乙酉重陽後二日爲余四十攬揆之辰，時值抗戰勝利後將兩月。

名韁利鎖脫身輕，贏得清風兩袖盈。
菽水能甘堪養志，蓴鱸有味足怡情。
敢將憂樂先天下，自分安愚老此生。
且喜門庭多樂事，金萱玉樹各爭榮。

五十述懷
一九五五年乙未重陽後二日

老大深慚百不如，餘生應惜歲華徂。
山河改造開奇迹，日月還思奮壯圖。
羞對新邦無貢獻，自憐故我太空疏。
春秋且喜多佳日，補讀琅嬛未見書。

六十述懷

一九六五年　四首選一

　　乙巳重陽後二日,值鯫生花甲覽揆之辰,未能免俗,聊寫心聲,因寄所懷,藉留爪印。頌新天之雨露,權當擊壤之歌;憶舊日之烟雲,殊有隔塵之感。巴人下里之詞,敢希雪和;玉振金聲之什,佇盼雲頒。

英年歲月忒峥嶸,揮斥方遒意氣橫。

擊鼓上書謀救國,請纓殺敵縱談兵。

早持柔翰誇前輩,曾發危言動巨卿。

三十餘年駒影逝,至今猶有夢魂縈。

【注】

　　請纓句:一九三一年九月十八日,日寇入侵東北占據沈陽後,全國大學生組織晉京請願出兵抗日,停止內戰。余為江蘇教育學院組織者之一,為草請願書,參加請願。次年淞滬戰起,大學生組織義勇軍參加抗戰,余曾報名參加,後因前方勸止未果。

退 休

一九六六年七月退休於上海市新會中學。 四首選一

朱顏改盡到華顛,花甲齡過又一年。
黌舍濫竽三十載,騷壇擊鉢萬千篇。
滄桑倏忽經多變,人海浮沉歷幾遷。
桃李芝蘭齊秀發,垂髫黃髮并怡然。

七十生朝述懷

一九七四年歲次甲寅

自顧孱軀尚健頑,于時無補未能甘。
緬懷君子時思九,檢點吾身日省三。
欲奮鵬圖嗟力絀,長叨鶴俸覺心慚。
安排餘事殊難遣,補學新知不厭貪。

應聘爲上海市文史館館員
四首錄一

一九八四年四月,應上海市汪道涵市長之聘。

生逢盛世不嫌遲,自顧鬚眉尚少時。
晚景絕憐無限好,餘生尚覺有堪爲。
重燃蠟炬將灰焰,再吐春蠶未盡絲。
伏櫪遙聞金鼓振,還思踴躍效驅馳。

八十生朝述懷
四首錄一

一九八四年余八十,述懷詩和者百餘人,九〇年曾印
《唱和集》。

　甲子重陽後二日,鯫生八秩攬揆之辰,未能免俗,詩詠
述懷。不盡欲言,聊以寄興。頌新天之雨露,爰譜心聲;叙

晚歲之生涯,藉留爪印。巴人下里之詞,敢希雪和;玉振金聲之什,佇盼雲頒。

> 婆娑晚景愛餘光,猶覺崢嶸日月長。
>
> 敝帚寧期珍故里,虛名何幸重新邦。
>
> 錦箋如雪來千里,彩筆因風出兩洋。
>
> 萬里雲山留展印,九州風月入詩囊。

【注】

敝帚句:一九八三年春,泰州市政協爲余出版《退齋詩鈔》。

虛名句:一九八四年四月,受聘爲上海市文史館館員。

錦箋二句:近年以詩畫會友,贈英、德、法、美、日諸國外賓華僑者極多。

太子港

在西城内三官殿之西梁昭明太子乘舟經此訪高人王冶不遇

南朝金粉久荒凉，留得蕭梁水一方。
帝子虛心訪遺逸，高人遁迹貌侯王。
雲踪渺渺知何處，帆影依依帶夕陽。
春水綠波今似昔，風來依舊起文章。

泰社初集即事

庚辰初冬，軍興以來吾邑風雅久歇，來復社諸同人多走外邑，文酒之會久虛，至是高壽徵、沈本淵、仲一侯發起組織泰社，乃于十月九日宴集於沈宅，參加者數十人。

新知舊雨荏連翩，青眼相逢結勝緣。
倡導風騷推邑宰，發揚氣節表鄉賢。

高情直欲追幾復，勝事還當邁月泉。

他日鄉邦重文獻，好搜詩史萬千篇。

【注】

　　倡導句：縣長邱立麒雅愛吟詠，是日與會。

　　表鄉賢：是日暢談明末鄉先賢詩人吳嘉紀、藝人柳敬亭事。

　　幾復：明末陳子龍等建幾社，張繼等建復社，皆提倡民族氣節。

　　月泉：宋末吳潛等建月泉詩社，謝翱評述其作品多愛國之思。

　

秋老城南日色微，好風輕掠酒人衣。

光搖萬頃銀濤涌，冷訝三冬玉雪飛。

蕭瑟此中人已杳，飄零天末雁應稀。

絕憐淺渚斜陽晚，歸璧莊前不欲歸。

【注】

　　末句：游蘆洲歸璧莊。

癸丑初夏返里

一九七三年六月十三日自金陵返泰　八首選二

環堵蕭然四壁虛，壁間不見舊藏書。

傳家宗器先人迹，除舊更新蕩靡餘。

發憤著書卅萬言，半生心血蕩無存。

已抛墮甑何須惜，休向殘箋覓舊痕。

【注】

　　末句：子京胞兄所著王氏世系考及音韵發明著
作三十餘萬言，文革之役蕩然無存。

海陵古迹

前漢藩封占古郡，楊吳立國建行宮。

兵屯武穆軍威著，堤築希文治績隆。

【注】

　　海陵在西漢初爲吳王濞封地，五代時楊行密據泰州一帶，稱吳王，在泰建行宮。宋岳飛任通泰招撫使兼知泰州，屯兵於此。宋范仲淹字希文，爲泰州守，自泰州東至東臺沿海數百里築堤防海潮，後世號范公堤。

　　八景風光著邑中，至今依約識遺踪。
　　泰堂明月西湖雨，古埠斜陽晚寺鐘。

【注】

　　海陵八景有前後二説。前八景爲泰堂明月、駝嶺清風、鳳池筆穎、貢院奎光、西湖春雨、天目晴嵐、董井寒泉、范堤烟柳。後八景爲斗壇來鶴、梵宮花雨、城樓眺海、古阜斜陽、長堤烟柳、南濠漁唱、泮池桃李、草堂花竹。晚寺鐘聲亦爲泰州之一景。西山白雲寺有古銅鐘一，聲宏亮，清惲南田曾居此，有"春殘烏夢驚樓起，爲有鐘聲到隔林"句。

　　橋號伏龍興趙宋，港名太子著蕭梁。
　　胡王學説儒林重，吳鄧詩篇漢族光。

【注】

　　泰州城内有伏龍橋,相傳宋太祖趙匡胤曾躲此橋下避敵,至今橋拱石下有掌印。城内西南部有水名太子港,相傳梁昭明太子蕭統曾乘舟經此港訪高人王冶不遇。城内西南部有胡公祠,祀北宋大儒邑人胡瑗。瑗字翼之,號安定,爲理學之祖。又有崇儒祠祀明儒王艮。艮字心齋,從王陽明學,重實踐,爲泰州學派之祖。吳嘉紀號陋軒,鄧孝威字漢儀,明末清初詩人,富愛國思想。

辛酉秋杪還鄉紀事

應泰州市人大主任王石琴邀請還鄉協助修纂地方志。故鄉各領導假泰山公園舉行歡迎會,照像,電臺廣播,宴會。一九八一年。

四十離鄉海上游,等閑白了少年頭。
江山再造新邦建,風月還思故里優。
耄歲還鄉經四度,故園作客又三秋。

蒪鱸味美人情厚，朋舊相逢到處留。

新知舊雨意殷勤，爲我歸來集會迎。
冠蓋如雲群彦集，園林生色百花榮。
虛名難副慚驚座，勝事宣傳播滿城。
長愧樗材辜衆望，難將芹獻報深情。

海上名家手迹新，法書寶繪筆如神。
徵求得此殊非易，携取歸來倍覺珍。
梓里人誇增眼福，藝壇爭道蕩胸塵。
園林點綴生春色，翰墨淵源有夙因。

敬謁鄉先賢王心齋先生崇儒祠

參加先生逝世四百四十五周年紀念會。

崇祠復建祀鄉賢，學啓吳陵一派傳。
正己勉仁宏至道，保身格物闡微言。
遙承安定淵源遠，親受陽明教義宣。
繼往開來期後進，古爲今用重新天。

【注】

　　學啓句：先生爲泰州學派創始人。

　　親受句：先生受學於陽明先生，而有所發展。

　　末句：正己勉仁、保身格物，皆先生學説要旨。

參觀鄉先賢胡安定先生
講學處安定書院

遺址重建，新宇在泰州中學内。

百世儒宗豪傑魁，明經治事術兼賅。

名齊孫石三賢著，學啓程朱一脉開。

四教傳心宣聖道，兩齋分課育英才。

故鄉手植留遺愛，庭樹森森蔭滿階。

【注】

　　百世句：王安石稱先生爲豪傑魁。

　　名齊句：世稱先生與孫復、石介爲宋初三先生。

　　學啓句：宋儒程朱理學始於先生。

　　四教句：先生以仁義禮樂爲教學大端。

　　兩齋句：先生設經義、治事兩齋，因才施教。

末句：庭中古銀杏一株，相傳爲先生手植。

喬園雅集贈王維良先生

一九八六年，李夏陽弟偕同江蘇人大常委王維良先生
還鄉寓喬園，邀余與潘覲繪畫師、馬桂根局長、凌善祥局長
等往叙。席間夏陽一一介紹，維良見余壁上詩賞之，索詩
畫留念，並同攝影。

三峰園裏聚群賢，舊雨新知興益然。

壁上題詩邀激賞，燈前揮翰結良緣。

小留鴻印春長駐，添得魚亭景更妍。

好讓園林增勝概，抛磚引玉乞鴻篇。

【注】

小留二句：在數魚亭攝影。

戊戌歲除偶成

一九五八年

二十餘年恩怨參，鏡中不覺鬢同斑。

性情戇率初能改，生活辛勞漸可安。

對我有言常足取，爲兒諸事亦心殫。

歸來終日勤針黹，未到深秋計禦寒。

【注】

內子徐慶禎。

芝蘭玉樹盡生階，喜見諸兒盡美才。

製就航模膺首選，精研塑料費心裁。

學行出衆稱三好，歌舞都能演一回。

他日學成爲國用，祇今猶欲善培栽。

【注】

二女鳳玲肄業于上海第十女中，手製飛機模型，參加全市比賽第一。長女秋玲肄業華東化工學院，攻有機化學塑料，頗有心得。三女玉玲肄業小學，當選爲三好學生。四女佩玲方四歲，唱歌跳舞能登臺表演。

和子京哥六十述懷

錄二

癸卯九月初七日爲京哥生日，先期來滬歡慶賦詩四首，依韵和之。一九六三年

略記酣嬉總角年，歡娛踴躍各欣然。
抛書捉雀隨兄後，搦管成文在弟先。
促織秋擒黃葉地，紙鳶春放碧雲天。
庭前杏子如拳大，攀摘携筐上樹顛。

青箱老屋讀書堂，早歲能承世業長。
幾個猢猻爭甲乙，一門桃李競芬芳。
回環雒誦書三復，點畫鴉涂字數行。
學罷師生同樂處，亭亭紅杏院中央。

【注】

末句：子京十八歲始助母在家設塾授徒。

萱壽九旬恭賦四章藉申孺忱

一九六七年七月

時維六月，節屆觀荷。壽晉九旬，辰逢設悅。承新天
之雨露，春永萱悼；愛晚歲之風光，甘回蔗境。春暉欲報，
彌殷小草之心；愛日方長，敢慕老萊之慶。愧述事之無文，
蕪詞聊獻；願榮親之有賜，藻采紛頒。

> 家世清寒本素儒，每思鞠育念親劬。
>
> 羊修不腆難供膳，熊膽親和勵讀書。
>
> 力殫女紅胼十指，身兼父責撫諸孤。
>
> 艱難歲月經過久，茹苦含辛廿載餘。

【注】

先嚴晚年殫心韵學，不事生產，賴母設塾課徒，
藉維生計，吾昆季男女四人資以長成。先嚴棄養年
七十有一，余年十九，哥年廿一，姐年廿四，妹年十
五，皆未成立，咸恃吾母館穀以生。沖齡侍讀，慈悼
督課嚴謹，恒以先人勵學典例爲訓，節衣縮食，菇苦
含辛，二十年如一日。

一九七一年元旦示諸兒

九仞成於一簣功，爲山志合學愚公。
全心更要加全力，有始還須更有終。
困難當前毋自餒，危疑臨事要從容。
遵循正確方針進，勝利常存堅忍中。

箴 言

前作諭兒詩，意有未竟，再作五言十首

人生貴立志，庶不虛生世。
有志事竟成，任何難亦易。
所志非溫飽，要爲天下利。
毋自甘菲薄，毋自甘暴棄。
發奮欲有爲，應立一生計。

人生貴有識，所見須透闢。
勿爲幻象迷，勿爲邪說懾。
勿以少數疑，勿爲多數脅。
是非須辨明，真理不可滅。
遇事經三思，吾心自明析。

人生重品節，卓然有所立。
守身如璞玉，立品如岩壁。
不受塵埃侵，不爲風雨折。
入污而不染，入水而不溺。
貧賤不能移，威武不能屈。

人生重倫紀，庶與禽獸异。
上下須有分，長幼須有次。
父慈而子孝，兄友而弟悌。
夫婦順而敬，朋友信而義。
待人忠而恕，持己嚴而毅。

交友宜慎擇，親賢而近德。

品行相砥礪,學問相磋切。
諂諛非善友,直諒方受益。
善交久而敬,親近防狎匿。
聽言而觀行,識人須察悉。

態度要端莊,泰然而威厲。
恭敬而謙和,使人敬而畏。
語言戒輕佻,舉止戒浮肆。
出詞遠暴慢,動容止乖戾。
慎言而謹行,災害自不至。

知識無止境,隨時要學習。
虛心與恒心,二者勿失一。
見聞求廣博,鑽研要深切。
所學爲致用,應當有目的。
發明與創造,及時宜努力。

工作須勤慎,不可稍疏忽。
勤則能補拙,慎則可防失。
計劃要周到,措施務切實。

經驗與教訓，隨時要搜集。
認真而負責，庶幾免蹉折。

生活宜節儉，量入以爲出。
享受向下比，知足心自懌。
衣食與居住，隨寓能安適。
勿羨鮮華衣，勿羨珍羞食。
儉以養廉恥，自古爲美德。

生命祇一次，失之不復得。
珍此七尺軀，待建千秋業。
隨處避危險，及時防病疾。
辛勞勿過度，不論腦與力。
慎茲數十載，一日不可忽。

游小箕山

在太湖之中，四面環水，山勢陡峻，上有塔

山在湖心號小箕，踞山一塔與雲齊。
登臨但覺身將蛻，睇眄真教眼欲迷。
在水中央看日冷，登峰高處覺天低。
若將羽化飛昇去，摘日挐雲信手提。

游梅園

在無錫東南三十里太湖之濱，亭臺花石結構精雅，有
康有爲所書"香雪海"三字石刻。

五湖佳處有梅園，一境分明比畫妍。
風景夙稱香雪海，花光遙襯碧雲天。
浮生到此知何幸，小住爲佳不羨仙。
直似羅浮山下過，相逢綠萼亦奇緣。

游黿頭渚

黿頭風景冠梁溪，烟水雲山入望迷。
泉石有聲從地起，樓臺倒影入池低。
鶯梭織錦穿花密，柳綫揉金拂水齊。
一棹烟波從此逝，羨他范蠡早知機。

五河鄉道中

辛未初秋與同學某同在五河鄉夜校實習，一日夜色朦朧，微雨沾衣，人影在地，並傘徐行，情景佳絕，甘屬爲詩記之。

垂楊夾岸路重重，細語徐行夜色中。
水底天光雲靉靆，堤邊人影月朦朧。
沾衣不濕微微雨，吹面生寒淡淡風。
犬吠狺狺村舍近，五河鄉校一燈紅。

明孝陵

布衣仗劍起濠梁，弄假成真作帝王。
剪滅群雄渾海宇，驅除韃虜入窮荒。
狗烹虎將情何忍，燕啄龍孫事可傷。
寂寂鍾山王氣盡，石麟翁仲臥斜陽。

莫愁湖

六朝金粉總墟丘，留得湖名尚莫愁。
水色山光籠四野，英雄兒女各千秋。
霸圖成敗隨棋局，世事興亡付酒甌。
今日重來吟興健，揮毫題壁上湖樓。

項王廟

在南京對江之烏衣鎮

荒荒祠廟鎮烏江，父老猶能道憤王。

帝業何堪由力取，頭顱空擲嘆天亡。

終因鬥智輸劉季，不欲傷仁斥項莊。

一怒亡秦成漢業，千秋功罪費平章。

【注】

末句：清嚴遂項王廟詩有"功罪千秋問鬼神"句。

留　園

吳中花石數留園，趙宋遺規今尚存。

水榭雲廊饒畫意，柳風桐露暢詩魂。

花如人意都臻妙，石似神工不厭繁。

倚檻靜觀魚影佪，臨窗遙聽鳥聲喧。

琴　臺

在山頂，相傳西施鼓琴之所

君王豈識美人心，淒絕山頂一曲琴。
別有深情言不得，人間何處覓知音。
玉軫珠徽不可聽，美人遺恨不分明。
天風琅琅山頭起，猶似冰絃變徵聲。

響屐廊

在山腰，今猶有遺迹

長廊響屐幾紆回，環珮鏗鏘步步諧。
贏得君王傾耳聽，聞聲知是美人來。
館娃遺址認依稀，留得回廊響屐基。
石上偶然松子落，恍疑蓮步欲來時。

韓蘄王萬字碑

宋名將蘄王韓世忠墓前有萬字碑

屹屹蘄王萬字碑，英雄勝迹繫人思。

江中撾鼓聲何壯，湖上騎驢事可悲。

三字冤沉傷把臂，一生功立賴齊眉。

江山半壁今猶昔，安得將軍起誓師。

游棲霞山

丁丑夏，余在教育部供職。一日棲霞鄉師校長黃質夫來訪，邀余往棲霞山一游，欣然同往，在該校休息後，陪游山景，賦詩記之。黃校長浼余至該校任教，余欣然諾之，後因戰事發生未果。

棲霞山色望蔥蘢，萬木森森翠藹濃。

紅葉待看秋後樹，白雲閑繞雨餘峰。

影沉潭水千年塔，聲度叢林六代鐘。

最是山間黌舍建，樹人事業樂無窮。

南滙道中

余來滬執教，於俞師主辦之實驗民校，數月後，劉虛舟老師介紹任南滙縣政府教育科長。

渡江東去出囂塵，但覺風光別有天。
紅樹青溪村舍密，菜畦麥隴陌阡連。
趁風漁艇歸帆穩，臨水人家畫壁妍。
幾處虹橋聯柳岸，荷鋤人語夕陽邊。

趙家旗杆

在張家橋東北三里許，余於丁亥冬就任博愛國民學校校長，校址在此。

寒林一帶映斜陽，紅葉蕭疏水一方。
麥隴菜畦連畎畝，竹籬茅舍近村莊。
欣逢父老詢風土，閑向兒童問學堂。

秉鐸遠來知任重,經營擘劃費商量。

滬嘉道中

風送颸輪走絕塵,掠窗春色眼中新。
嬌兒指點垂楊道,縮得將離幾許人。

風帆縹緲烟波遠,花柳差池屋舍鄰。
幾處人家臨水住,搗衣砧擊碧粼粼。

西湖湖濱閑眺
六首選四

憶別西湖卅六春,我來重作畫中人。
新天風物增多少,輝映湖山貌一新。

一境天留勝畫圖,人間難得此山湖。
詩人欲以方西子,祇恐西施尚不如。

曲檻回廊行不盡,飛檐畫棟望無窮。
危亭一角憑欄處,人面花光相映紅。

輕舟兩兩泛烟波,蕩漾真如水上鳧。
行到水天相接處,遥看數點入虛無。

訪靈隱

靈隱寺建於晉咸和年間,清聖祖來游改名雲林禪寺,今為全國重點保護文物。

靈隱山幽一徑延,森森喬木上參天。
紅墙迤邐山門寂,獨坐閑亭聽咽泉。

泉經冷後幾多時,久遁深山世鮮知。
今日東風吹大地,送來暖氣滿山隈。

一峰自昔號飛來,爲愛西湖不肯回。
省識西湖新面貌,山靈也應笑顏開。

天開一綫見穹蒼，洞裏幽幽喜得光。
喚起低眉諸古佛，也應放眼看新邦。

花港觀魚

西湖十景之一，現辟爲西山公園

蘇堤行盡到西山，花港觀魚在此間。
地比濠梁尤可樂，人如莊惠亦能閑。
魚翔淺底千條赤，日照澄波一點丹。
笑語游人莫徒羨，臨淵不許浪垂竿。

【注】

末句：此間禁止釣魚。

年深赤鯉錦鱗紅，生長恩波蕩漾中。
鼓鬣揚鬐忘老至，飲甘食旨自從容。
但期壽考能同鱉，不羨飛騰化作龍。
俯仰何嫌天地窄，略無海浪與江風。

虎跑泉

在六和塔北數里，舊有寺，建於唐時。元和中釋性空居此，苦無水，忽二虎跑地，泉遂涌出，故名。見清《一統志》。泉水甘冽，著稱于世。

一泓泉水極清腴，名著茶經信不虛。
清沁心脾湔骨髓，香生齒頰澈肌膚。
腸回九轉餘甘在，腹果三杯俗慮除。
但覺清風生兩腋，酩然醉我勝醍醐。

玉皇山

登臨拾級萬千重，好景無邊望不窮。
異樹奇花名不識，詩情畫意語難工。

入山無景不奇觀，豁我雙眸欲狀難。
怪石猙獰如虎踞，奇松蜿蜒若龍盤。

山麓新開八卦田，菜畦麥隴間相連。

憑欄下望真佳絕，碧玉黃金綴錦氈。

【注】

　　山南麓有地八角形，中高周低，開爲梯田，農民因地高低分層種麥菜，號八卦田。

水潴山頂足稱奇，天一名標方丈池。

倚檻下窺池水净，天光雲影映清漪。

【注】

　　山頂有池名天一池，又名七星缸。周圍石刻甚多，有詩句云"天光雲影净浮空，玉井遙迷太華峰"。

山頂清幽別有天，亭臺花木畫圖妍。

閑庭品茗增佳趣，窗外雲山落几筵。

翁家山道中

四首選一

遙看山塢起烟霞，近聽泉聲萬壑嘩。

樹杪忽聞人語落,始知山頂有人家。

龍　井

一名龍泓,在南高峰西,翁家山西北,宋時僧辨才築亭于此。泉水甘冽,山上產茶,屬全國茶產極品。井上有雕龍石欄,多名人題詠石刻。舊有寺,已改建,花木亭宇甚美。

山行一徑到龍泓,泉冽茶香舊有名。
捫石堪尋遺迹鮮,聽泉但覺此心清。
好花有意迎春訊,古井無波閱世情。
瀹茗閑庭聊小憩,枝頭好鳥弄新聲。

九溪十八澗道中

拄杖徐行到九溪,山間景物使人迷。
流泉入澗經岩速,亂石鋪橋渡水遲。

山色貪看搜畫稿，雲根小坐覓詩題。
浮生得此清凉境，埋骨深山不欲歸。

登錢塘江大橋

錢塘江上大橋橫，喜見新邦建樹宏。
一道長虹連兩岸，驚濤頂上自安行。

橋上徘徊豁遠襟，江天極目足驚心。
風帆烟艇隨波没，遠樹遥山逐浪沉。

三潭印月

西湖十景之一，在湖之東部。水中一洲，四面臨水，其
東有似塔頂者三，高出水面，有孔相通。

三潭印月水中央，一片亭園繞綠楊。
九曲紅橋通畫院，數竿翠竹映雕墻。

真疑此境非人境,不是仙鄉即夢鄉。

終老是鄉於願足,春花秋月玩湖光。

訪林和靖處士墓

林和靖名逋字君復北宋時錢塘人隱居不仕仁宗賜號
和靖先生工詩不娶有梅妻鶴子之稱卒葬於西湖孤山

欲覓孤山處士家,遺踪渺渺剩烟霞。

春風開遍花千樹,抔土難尋水一涯。

絕代詩才堪拜倒,幾枝梅影尚橫斜。

崖前片石留題處,山綠湖光景絕佳。

【注】

末二句:有懸崖,上鎸"林處士讀書處"。清吳
昌碩所書蘇東坡《讀林集書後》詩云:"吳儂生長湖山
曲,呼吸湖光飲山綠。"

湖上舟中

五首選一

風掠鬢絲雨濕衣，扁舟一葉任風吹。
飄然出入烟波裏，要看湖山雨亦奇。

【注】

　　末句：蘇東坡西湖詩："水光瀲灩晴方好，山色
空濛雨亦奇。若把西湖比西子，淡妝濃抹總相宜。"

歸　　途

西湖游罷賦歸來，攬盡湖山入我懷。
畫本詩材搜不盡，拈毫愧乏謫仙才。

杜陵饞眼欲迷離，風物無邊總覺奇。
沉醉江南春色裏，歸來猶似未醒時。

赴成都道中

七絕十四首選五

辛亥六月廿六日即公曆八月十六日，携晨輝孫兒乘下
午四時客車自滬赴成都，至十八日十二時許到達。

颿輪倏忽走雲程，載我公孫入蜀行。
橫斷中原經五省，壯游萬里快平生。

驅車經過首陽山，昔日夷齊住此間。
薇蕨而今成麥菽，滿山周粟儘加餐。

巴山峻嶺勢嶔崎，車入山間眼欲迷。
遠岫烟雲如束帶，近岩嵐翠欲沾衣。

廣元南下萬山叢，鑿壁穿崖數百重。
眨眼車中分晝夜，飛輪出入洞天中。

行過山地入平原，四境崖高中似盆。

竹樹水田相襯映，桑麻鷄犬自成村。

游白塔山

白塔山一名北山，在蘭州市黃河北岸，山勢雄偉，山上
建築宏麗，解放後修葺一新。

北山形勝鬱崔巍，萬里來游倦眼開。
闊壁危崖雄氣勢，飛檐畫棟聳樓臺。
仰瞻白塔雲中峙，俯視黃河天上來。
飲罷清泉重躍上，登峰高處一舒懷。

又成月到中秋分外明
轆轤體七律五首

中秋望月意有未盡，枕上復成轆轤五首。以往每年作
斯題都頌揚歡悅之意，今年因慈親見背，孔懷受累，良友凋
零，故作哀怨之聲。

月到中秋分外明，樓頭望月夜淒清。

殘星數點光猶耀，燈火誰家夢不成。

山色當窗明似畫，霜華滿院靜無聲。

舉頭悵望天街遠，難向姮娥訴我情。

廣寒宮闕望盈盈，月到中秋分外明。

兔魄寧知人意苦，烏私欲遂我心縈。

搴幃空見團圞影，伏枕難忘孺慕情。

杳杳慈顏何處是，青天碧海渺無垠。

縹緲微雲蔽太清，長空不見雁飛行。

年來故里音常鮮，月到中秋分外明。

倦鳥歸林何寂寂，征鴻繫帛故冥冥。

遙思風雨聯床夜，何限悲歡離合情。

遙聞鄰笛數聲清，動我山陽感舊情。

暮樹春雲徒繫念，高山流水不成聲。

心懷舊雨悲難抑，月到中秋分外明。

風露淒其如此夜，知交零落感平生。

晚景聊堪慰此生，階前蘭桂幾枝榮。

遙瞻天上涼蟾影，喜聽山頭雛鳳聲。

兒女四方都有志，雲程萬里總關情。

即今客裏天倫聚，月到中秋分外明。

訪李劍青學兄

浙江大學理學士，工化學，揚州工學院副教授。三首選一

囂市徐行訪寄廬，行人指點故人居。

扣門聲急驚君夢，握手情歡共我蘧。

風義相關同手足，霜華互指滿頭顱。

離懷萬斛從何說，且問眠餐尚健無。

癸丑初夏重游金陵

十三首選三

奇迹驚人舉世無,竟教天暫變通衢。

彩虹一道聯南北,繪出新邦壯麗圖。

【注】

長江大橋。

雨花臺下葬忠骸,取義成仁亦壯哉。

烈士在天應一笑,江山終換主人來。

秦淮十里泛烟波,淘盡興亡自昔多。

一樣繁華今異昔,畫船水上唱新歌。

梅花嶺史公祠

一樣垂名兩督師，留芳遺臭總堪悲。

千秋唾罵貳臣傳，萬古馨香烈士祠。

十日屠城非所計，一身殉國詎能辭。

梅花嶺畔衣冠冢，白石新刊表墓碑。

【注】

千秋句：洪承疇入清史《貳臣傳》。

岳　廟

文革中毀，去年修復，重塑像座。殿中有葉劍英元帥所書"心昭天日"區額。

巍巍廟貌鎮湖濱，殿宇輝煌輪奐新。

天地英雄留正氣，湖山靈秀著忠魂。

四奸顯戮人心快，三字冤昭大義伸。

今古是非終不易，殺青史筆屬人民。

于謙墓

杭州人。明英宗時也先入寇,宦官王振挾帝親征,被虜于土木堡。朝臣多主迎降,兵部尚書于謙獨主抗禦,卒退敵兵保京師,英宗復辟誅謙。

天誕孤忠社稷靈,爲民爲國道君輕。
功成萬里山河復,身戮千秋俎豆馨。
兩字冤同三字獄,忠臣竟受賊臣刑。
西泠橋畔雙忠墓,增色湖山萬古青。

【注】

爲民句:謙對人曰:方今之時,社稷爲重,君爲輕。以抗景帝開城投降之諭。

兩字句:石亨誣謙謀反,無據,乃加"意欲"二字以定罪。

張蒼水墓

名煌言，明末鄞縣人。少時投入抗清戰爭，三度出關，四入長江，兩遭覆滅，蹶而復起，卒以力不能敵被俘，不屈就義于杭州。作絕命詞云："大夏已不支，成仁萬事畢。"

剩水殘山一綫存，權奸誤國暴君昏。

江山灑盡孤臣淚，風雨難招故國魂。

生慕兩山行足擬，死鄰二保義相親。

南屏山下留抔土，正氣千秋礪國人。

【注】

生慕句：清廷招降，煌言曰："視死如歸，得從文文山、謝疊山游，于願足矣。"卒不降清。

死鄰句：煌言曾作詩云："高墳武穆連忠肅，添得新墳一個無。"岳飛謚武穆，于謙謚忠肅，二人皆官至少保。

秋瑾墓

女,清末紹興人。留學日本,參加同盟會,自號鑒湖女
俠。歸國後從事革命,徐錫麟起事失敗,瑾救之,被捕,不
屈就義。

湖上難尋俠女墳,西泠橋畔一亭存。

湖山留得英雄氣,風雨常縈烈士魂。

拚擲頭顱仇韃虜,誓捐頸血挽乾坤。

祇今盛世崇人傑,欲倡遺風勵國民。

【注】

首二句:墳已被平,西泠橋畔尚有風雨亭遺址。

風雨句:瑾就義時作詩云"秋雨秋風愁煞人"。

頸聯:秋瑾詩:拚將十萬頭顱血,須把乾坤力
挽回。

末句:周恩來總理題秋瑾墓詞:勿忘鑒湖女俠
之遺風。

放鶴亭

　　宋詩人林逋遺迹,在孤山之北。壁石上有清康熙帝所
書《舞鶴賦》尚完好。林處士墓在文革中被毀,亭荒蕪待修。

何處孤山處士家,遺踪渺渺剩烟霞。

咏梅人杳留詩句,放鶴亭荒噪晚鴉。

山綠湖光堪吸飲,暗香疏影自橫斜。

春風依舊花千樹,抔土難尋水一涯。

【注】

　　蘇軾讀林和靖詩集詩云"呼吸湖光飲山綠",林
逋咏梅詩云"疏影橫斜水清淺,暗香浮動月黃昏"。

自滬之潯舟中作

十首選三

烟波浩淼連天闊,雲樹蒼茫夾道遥。

穩倚危欄覽江景,管他駭浪與驚濤。

舟行入夜過三江,黑壓江干望渺茫。
知是瓜洲行已近,兩三燈火放紅光。

殘宵欲盡過南徐,兩點金焦入望無。
黑夜黎明相接近,待看曙色在須臾。

訪琵琶亭不見

原有琵琶亭,在江邊,爲紀念白居易潯陽琵琶行而建,
文革中全毀,改爲倉庫。

琵琶亭址九江邊,今日來游已杳然。
十載新邦罹浩劫,千年古迹化荒烟。
有心回憶紅羊厄,無暇重吟白傅篇。
楓葉荻花俱不見,江心剩有月娟娟。

赴牯嶺汽車中作

八首選四

自山麓新鑿汽車道，盤旋而上，行一小時始達。

車行緩緩上層巒，路似回腸九轉還。
忽見白雲生足下，始知身已出塵寰。

眼前壁立疑無路，轂下峰回別有天。
履險如夷不知懼，貪看山景自怡然。

松似虬龍舞鸞鳳，石如虎豹睨熊羆。
山沉雲海高低現，絕似長鯨豎脊耆。

萬樹綠陰濃欲滴，幾枝紅艷動人憐。
山中歲月渾忘却，見此方知春正妍。

花　徑

　　在牯嶺西部,爲新闢山頂公園,門額"花徑"二字,白居易所書。旁有聯云:花開山寺,詠留詩人。又有壁上書白居易詩云:"人間四月芳菲盡,山寺桃花始盛開。長恨春歸無覓處,不知轉入此中來。"入門迎面有大湖,名如琴,人工所鑿,面積十萬餘方米。湖對岸有青牛嶺,湖心有亭。

花徑迢迢一境幽,風光綺麗此稱優。

亭如綠鴨湖心泛,山似青牛鏡面浮。

海上客來花下坐,人間春去此中留。

千紅萬紫花爭發,白傅當年見得不。

【注】

　　亭如二句:牯嶺之狀在此看得最清,隔湖望如浮鏡面。湖中有亭,連以長橋,皆飾綠色。

黃龍潭烏龍潭

　　黃龍潭在三寶樹東一里許,飛瀑急湍,樹蔭蔽日。相傳潭中有黃龍爲患,徹空禪師制服之。其後代仍爲患,禪師建黃龍寺鎮壓之。下有烏龍潭,水流較緩和,相傳潭中有白龍,性善良,因時降雨有利于民,其後代變爲烏龍,時與黃龍後代戰鬥。

　　黃龍潭接黑龍潭,逝者如斯不復還。
　　萬馬奔騰爭躍進,二龍搏鬥戰方酣。
　　聲如金鼓掀天振,狀似銀河瀉地翻。
　　急切下山緣底事,欲爲霖雨沛人間。

五老峰

　　在含鄱口之東數里,峭壁千仞,氣象崢嶸。李白詩曰:"廬山東南五老峰,青天削出金芙蓉。九江秀色可攬取,吾將此地巢雲松。"五老峰以雪景爲最佳,故有冰雪五老峰之

稱。山徑險陡,當登山者匍伏至峰腰時,舉目四望,前有回
嶺,後有深澗,旁有巉崖,莫不驚心動魄。

> 五老峰高雲漢間,雨中山色耐貪看。
> 青天削出芙蓉朵,綠樹圍成翡翠環。
> 欲攬奇峰供畫稿,怪他陰翳掩真顏。
> 須臾雨過天清處,現出崢嶸萬仞山。

三疊泉

在五老峰東山谷中,自古稱廬山第一奇觀,故有未到
三疊泉不算廬山客之說。游人從屏風疊俯看或從塘塍徑
仰觀,皆極壯麗,宛如百幅冰綃展挂長空,千群白鷺飛騰上
下,萬斛明珠揮灑九天,其聲如雷鳴獅吼,令人魂驚魄駭不
能自持。

> 匡廬瀑布盡奇觀,三疊名泉更不凡。
> 鷺振鶴翔爭上下,珠拋玉撒亂紛翻。
> 千尋雪練垂天炫,百幅冰綃映日寒。
> 金鼓齊鳴雷霆震,忽驚風雨滿千山。

小天池

在牯嶺北，山頂有池，池水終年不涸不溢。峭崖上有一亭名天池亭，極目平視，望見長江及鄱陽湖，烟波浩渺無際。

雲中突兀小天池，池在山顛事亦奇。
雲影天光波浩蕩，松聲泉響路嶔崎。
不枯不溢四時滿，無浪無濤千古宜。
冉冉片雲常出岫，化爲霖雨幾何時。

歸　途

四首選一

丹青不知老將至，日月何當爲我延。
寫盡山川無限景，吟成詩句萬千篇。

【注】

　　首句：借杜句。

游黿頭渚

六月二日下午，與韓秋岩丈等五人同游，時微雨初停。

攬勝黿頭渚，追陪鶴髮翁。

湖山烟雨裏，杖履畫圖中。

林壑斯爲美，登臨興不窮。

太湖佳絕處，提筆紀游踪。

【注】

　　末二句：“太湖佳絕處”爲郭沫若題額。

和劉隽甫副會長太湖集會
七律六首次韵

六首選二　六月二日作于無錫

百花齊放各千秋，雅頌歌聲匯萬流。
寒瘦莫教同孟賈，雄豪還欲邁辛劉。
才華信是從天賦，格律何能限自由。
好語如珠難論價，片箋隻字重琳球。

艷如鋪錦入雲中，初日纔臨出水蓉。
百鳥喧時鳴一鶴，萬山叢裏聳奇峰。
雲霞光照行天馬，風雨聲迎出海龍。
縹緲詩心何處着，行雲流水本無踪。

【注】

　　首二句：鮑照謂顏延之詩如鋪錦列綉，湯惠休
稱謝靈運詩如初日芙蓉。

長　城

萬里長城自昔傳，至今已越二千年。

累朝禦寇應無患，歷史相徵未必然。

鐵瓮金湯何足恃，青山白骨絕堪憐。

及今百族崇團結，塞北江南共一天。

海濱觀日出

六月十五日在連雲港市第三招待所

海濱日出景多奇，昔日曾聞今見之。

萬頃烟波無極處，九霄雲霧未開時。

天風吹我疑身蛻，海日窺人露面遲。

竚待須臾陰翳散，光芒萬丈耀晨曦。

登泰山

六月十八日

岱宗未上不心甘，耄歲來游第一山。

五岳獨尊人仰止，八旬忘老我登攀。

千尋石級騰身上，萬仞雲崖俛首看。

更上南天凌絕頂，東觀紅日出蒼瀾。

【注】

第一山：泰山之麓有石刻"第一山"三字。

五岳獨尊："五岳獨尊"爲山上摩崖巨石。

泰岳巍峨氣勢雄，登臨極目暢心胸。

樓臺金碧元君廟，輪奐輝煌玉帝宮。

百尺唐碑天子筆，五株秦植大夫松。

搜奇訪勝知何限，萬首詩歌咏不窮。

【注】

元君廟：山頂有碧霞元君廟，結構瑋麗。

玉帝宮：山頂最高處爲玉皇殿。

百尺句：山頂大觀峰有唐玄宗所書《紀泰山銘》摩崖石刻。

五株句：秦始皇所封五大夫松在山高處。

謁孔廟

高山仰止久神馳，千里來瞻至聖祠。

日月何傷徒自絕，江河不廢繫人思。

春風化育三千士，遺教常垂萬世師。

大道感人今似昔，重修廟貌際明時。

【注】

日月句：子貢曰：仲尼，日月也。人雖欲自絕，其何傷于日月乎？文革中毀孔甚力。

謁孟廟

六月廿七日，由曲阜到徐州，路經鄒縣，停車往謁孟廟，廟額稱亞聖廟。

亞聖崇祠殿宇宏，參天喬木鬱葱蘢。

宮墻迤邐朱垣繞，坊闕巍峨綠樹籠。

母氏三遷留閫範，儒家百世紹宗風。

君輕民貴行仁政，至道名言奕祀崇。

華清池

周幽王在此建離宮，秦修築驪山湯宮，漢武帝改爲離宮。唐張籍詩："溫泉流入漢離宮。"唐太宗在此修湯泉宮，玄宗改名華清宮，因宮在湯池上，又名華清池。

華清宮闕貌重光，遺址留傳自漢唐。

聳翠流丹宮隱霧，晚霞晨旭殿飛霜。

花光人面參差見，翠柳紅欄掩映長。

尋到貴妃臨浴處，溫泉猶覺帶脂香。

【注】

宮隱霧：唐皇甫冉詩："鑿山開秘殿，隱霧閉仙宮。"

晚霞句：九龍池上有晚霞、晨旭二峰，南有飛霜殿。

末二句：池有專供楊貴妃沐浴的芙蓉湯，又名
海棠湯，亦稱貴妃池。爲近年仿建海棠式瓷磚砌地。

秦陵兵馬俑

一九七四年在臨潼縣西楊村發現地下建築，位于秦始
皇陵東側，經挖掘爲叢葬兵馬俑。始皇發罪人七十萬人修
墓，既成，盡坑歿之。

經營卅載爲埋尸，事死如生殉葬儀。
盡態像形兵馬俑，殘民以逞帝王威。
蒼生性命同螻蟻，暴主心肝勝蠆蝎。
遺迹千秋留罪證，游人觀罷動悲思。

茂　陵

漢武帝墓

大略雄才帝業興，英雄但惜少完人。

罪降戮母心何忍，信佞誅兒智亦昏。

遷怒諍臣刑太酷，傾心方士術無靈。

輪臺一詔嗟何及，遺恨千秋吊茂陵。

【注】

　　罪降句：李陵降匈奴，武帝戮其母。

　　信佞句：信任江充，充與戾太子有隙，以桐木人置太子宮中，誣以謀逆罪，搜太子，太子自殺。

　　遷怒句：司馬遷上書救李陵，武帝怒下之蠶室，受宮刑。

霍去病墓

茂陵陪葬有驃騎，年少功高世所奇。

掃凈胡塵千里域，拓開漢土萬年基。

匈奴未滅忘家室，瀚海馳驅振國威。

生際明時遇英主，男兒志業始能為。

大雁塔

在西安城南大慈恩寺内。唐高宗爲太子時追念母文德皇后,建慈恩寺。永徽三年(六五二)玄奘創建大雁塔于寺内,正方形,七層,高六十四米。

峻塔巍巍聳舊京,初唐結構勢峥嶸。

念劬建寺人君孝,中式題名士子榮。

經譯梵文傳佛典,碑留聖教重書林。

我來拾級登臨上,縱目春空萬象明。

【注】

中式句:唐時新進士皆題名于大雁塔石壁。

頸聯:玄奘在此譯佛經十九年,譯成七十四部梵文經典。今有《三藏聖教序》,褚遂良所書。

此詩登在《雁塔題名作品選集》。

碑　林

在西安城和平門陝西省博物館內

西安勝迹著碑林，文物光輝自古今。

考獻徵文斯寶庫，鈎沉索逸此梁津。

四書兼備前賢迹，八代相承奕祀珍。

更喜石經完整在，先民維護具深心。

黃山屐痕

十一首選一

一九八六年春與南京師大教授洪橋同游，到達時天雨，次日益甚，未能遍游勝境爲憾。

入山先望紫雲峰，峰在烟雲縹緲中。

山色有無驚瞬息，怪他變幻太匆匆。

新安江上

一九八六年五月，與洪橋教授同游

江上看山欲寫難，依稀仙子降人間。
黛蛾深淺臨妝鏡，螺髻高低托玉盤。
隱隱含羞西子面，盈盈欲笑洛神顏。
美人將睡嬌無力，慢掩青紗不許看。

梁溪之行

八七年四月十日至十四日，上海市文史館組織館員書
畫家十餘人應邀赴錫游覽，承該處領導盛情招待，住三日
始回。

東埄鄉

走訪農村東埄鄉，鄉人告我厥情詳。

家家生産收成足，廠廠經營獲利强。

領導英明協群力，居民富裕自多方。

精神物質文明建，發展前途未可量。

華莊鎮

一九八五年建鎮人口很少，現爲十萬人口之大鎮。很多外地人到此安家落户。居民兼營工農商業，人均每年收入九百餘元。

華莊建鎮廿餘年，經濟繁榮景象妍。

萬户千家新住宅，六街九陌列商廛。

工農并舉經營善，大小兼營物産全。

衣食既豐生活裕，追求文化衆心堅。

堰橋鄉

華莊訪罷訪堰橋，此地居民亦富饒。

家有餘資追享用，人思文化欲提高。

美添居室求書畫，譽滿商場製紡毛。

戮力同心宏建樹，精神物質俱能超。

【注】

製紡毛：此間毛紡廠品質優良，銷售外國，產值八七年爲二千一百萬元，八八年三千二百萬元，八九年四千萬元，九〇年五千萬元。八〇年起每年上繳五百萬元。

言子墓

聖門文學有南人，言子遺踪今尚存。
江左人文從古盛，化民成俗有淵源。

大禹陵

三月春深訪會稽，登山先拜禹王祠。
治平四瀆除民患，經劃九州奠國畿。
澤沛黎元先聖德，功垂奕祀後王師。
巍巍陵廟今重建，崇德報功重盛時。

沈　園

沈園柳老放翁詩，何限愴懷痛仳離。
故劍尚存憐夢斷，錯刀鑄就枉情痴。
臨波猶憶驚鴻影，伏枕如聞戰馬嘶。
六十年間詩萬首，平生志業繫人思。

秋瑾故居

塔山西麓故居存，和暢園中史迹真。
生際危亡憂社稷，志存光復挽乾坤。
江山灑盡英雄淚，風雨難招烈士魂。
俠女光輝耀青史，遺風允足礪邦人。

魯迅故居

風雨如盤宇宙昏，難將心事寄荃蓀。
賈生揮淚徒憂國，屈子行吟枉斷魂。
欲借毛錐誅魑魅，誓將熱血薦軒轅。
心肝嘔盡猶無悔，此志無渝一息存。

普濟寺

清秋跨海訪名山，偷得浮生幾日閑。
一境真疑天地外，十洲都在水雲間。
仙踪聖迹淵源遠，瑤草琪花景物繁。
願得依僧常住此，海波滌盡我心凡。

贈普濟寺方丈妙善法師

海天佛國駐長春，著個長生不老人。
身似菩提常綠樹，心如明鏡絶淄塵。
壽緣得永由天錫，福果能收自善因。
海屋添籌無量數，昇恒月月歲常新。

咏秦淮八艷

　　秦淮人家旅社壁上有《秦淮八艷》畫八幅，上無題詠，劉雋甫吟丈囑余題。按八艷乃明末秦淮歌妓，能詩能畫有膽有識，負有民族氣節，洵足稱焉。

馬湘蘭

　　名守貞，能詩畫，著有《湘蘭子詩集》、《三生傳》劇本。任俠多情，揮金濟困。與蘇州才子王穉登交甚篤。王七十壽,湘蘭率歌妓數十人往祝,飲宴累月,歸後不久逝世。其畫冊今藏故宮博物院。

痴心才女馬湘蘭,眾藝兼長是所難。
仗義輕財無吝色,憐才心切欲成憨。

李香君

絲竹音律詩詞皆精,復社領袖侯方域一見傾心,香君以身相許。閹黨阮大鋮欲結好方域,助以奩資,香君使方域嚴詞拒之。方域降清,香君入棲霞山為尼。方域往訪,拒不見。

俠肝義膽李香君,血淚桃花世所聞。
痛惜良人輕失節,情根割斷入空門。

柳如是

嘉興人,自號蘼蕪君。美艷絕代,才氣逼人,著有《湖上集》詩草。嫁東林黨領袖禮部尚書錢謙益,清軍圍南京,如是勸謙益與己同投水,謙益不願。謙益降清,受如是勸,半年辭官,支助抗清活動。

嶙峋風骨柳蘼蕪,大節能持愧懦夫。
詩句清妍書畫美,才華氣節世間無。

董小宛

名白，號青蓮居士。詩詞書畫皆擅，又善昆曲。著有《奩艷》，記古才女事。嫁如皋才子冒辟疆。清兵南下舉家逃難，小宛或在前開路，或在後掩護，謂冒曰：使清兵得我而釋君，異日生還，當散屣所有，逍遙物外。勿忘此語。

風塵艷絕董青蓮，笛步佳人才識全。
最是倉皇逃難日，勸夫一語意殷拳。

【注】

笛步句：吳梅村文《笛步佳人》。

顧眉生

名媚，號橫波，上元人。通文史，善畫蘭，精音樂，時人推為南曲第一。嫁名士龔鼎孳，龔降清為禮部尚書，顧利用其地位支援抗清志士。

芳心俠骨顧眉生，南曲曾推第一人。
身事貳臣心故國，贈金慨助抗清兵。

卞玉京

名賽,出身宦家。父早亡,姐妹二人淪爲歌妓。玉京詩書畫琴皆精,談吐風生,令人傾倒。吳梅村一見傾心,玉京亦戀之,後嫁某顯官,不得意,乃爲女道士。梅村賦《琴河感舊》詩。

繡佛長齋卞玉京,詩琴書畫藝都精。
委身名士成空想,淒絕琴河感舊情。

寇白門

名湄,字白門。善度曲,能詩,善畫蘭。崇禎時歸功臣朱國弼,朱降清,未幾得罪被軟禁。白門南歸,籌銀二萬兩爲之贖罪,國弼欲重與聚合,白門堅拒之,後流落樂籍,病死。

女俠誰知寇白門,黄金萬鎰贖夫身。
酒酣歌哭平生事,紅淚沾衣欲斷魂。

【注】

女俠句:錢牧齋詩句。

陳圓圓

名沅，崑山歌妓。寓金陵，色藝超群。崇禎末，外戚爲帝求美女，得之，被國戚田畹所留，贈山海關總兵吳三桂，三桂赴山海關，圓圓留京師，李自成陷京師，得之，三桂乃引清兵入關，自成遁，圓圓又爲三桂所得。圓圓勸三桂復明，未果，全家被戮。詳見吳梅村《圓圓曲》。梅村詩"全家白骨成灰土，一代紅妝照汗青"。

傾城傾國數陳圓，一代紅妝史籍傳。

同夢有謀成幻影，可憐白骨化灰烟。

游八咏樓

在市内，紀念沈約，約曾任金華地方官

休文宦績著千秋，勝迹猶存八咏樓。

韵譜四聲嚴格律，文高六代著風流。

重吟錦什餘音在，永念甘棠遺愛留。

景仰前賢存古迹，崇樓今日業重修。

游太平天國侍王府

侍王爲李世賢

群雄聚義起金田，風虎雲龍驟萬千。

誓滅群妖驅韃虜，廣招才俊得英賢。

天朝失國伊誰咎，上將捐軀亦枉然。

歷史昭昭殷鑒在，興亡成敗豈由天。

【注】

誓滅句：太平天國稱清廷官吏爲群妖，孫中山倡導革命口號爲驅除韃虜，恢復中華。

參觀劉氏嘉業堂藏書樓

嘉業藏書舊有樓，縹緗萬卷費搜求。

石渠金匱差堪擬，善本千秋賴保留。

前朝遺構著斯鄉，幾歷紅羊幸未喪。

文物於今膺保護，標名勒石重新邦。

乙巳暮春與天游玉清子彝
同游閘北彭浦二公園

時牡丹已謝，桃花盡殘，楊花亂飛，二公命賦之。　一九六五年。三首選一。

春去園林日已深，亂紅飛盡綠成陰。
文章絢爛供誰賞，人面依稀不可尋。
化作香泥留艷質，長承甘露有丹心。
紅顏老去何須惜，待看青青子滿林。

白露節與瘦老寒梅游復興淮海二園
一九六九年　七絕二十首選三

綠葉層層竹樹連，忽驚紅艷絕鮮妍。
遙看恰道春花發，原是數株老少年。

高高銀杏欲參天，飽歷風霜益盎然。
不似易衰薄柳質，恰同松柏比貞堅。

徐行忽到藕花池，池上花疏葉未稀。
萬綠叢中紅一點，殘妝尤覺更多姿。

壬子上巳後三日與陋盧同游淮海公園

見海棠已謝，梨花零落，白桃凋殘，惟鵞桃盛開，楊柳臨風
搖曳，猶能留佳光，陋盧命賦之。一九七二年。五首選二。

西府名花絕世姿，那堪濩落剩殘枝。
芳心祇恨光陰逼，弱質難禁風雨欺。
紅燭照來猶有淚，綠章欲奏已非時。
絕憐天上神仙種，眨眼飄零化作泥。

青青楊柳弄柔條，占盡春光分外嬌。
林下風來增嫵媚，池中影動益妖嬈。
無邊烟景供舒眼，何限風情在舞腰。
莫向章臺詢舊事，風流祇合看今朝。

和凌直支世大哥打魚灣紀游二首即步原韻二疊

丙子秋在蘇州作　四首選三

盛事何當留迹象，畫圖責我愧荆關。
吟來風月詩千首，寫出烟波水一灣。
游釣能尋堪息影，琴樽得侍足開顏。
南濠秋色殊堪戀，紅樹蒼葭一棹閑。

故園從此添佳話，千載風流繼習池。
杖履未隨行樂地，雲山空繞夢游時。
烟波得句情堪慰，風雨懷人夢屢奇。
願得常陪諸父執，酒瓢詩卷莫相歧。

各有千秋三絕擅，揮毫乘興快臨池。
筆參造化傳神處，句警天人得意時。
丘壑在胸原有素，烟雲過眼盡多奇。
姓名得附方家末，自分生涯未算歧。

【注】

直支名文淵，泰州人，清諸生。留學日本，攻經濟，民初任財政部首席簽事，改次長，代總長。晚年歸里奉母，以詩書畫自娛。公爲先公門人。

奉和滋湖主人四首

錄二

主人姓仲，名中，字一侯，南社社員。庚子春。　一九六〇年。

一別師門十四年，每從詩卷溯前緣。
知君病臥相如榻，愧我稽歸元亮船。
文字有靈勝藥石，生涯無恙愛林泉。
問余鄉思知多少，萬里歸心共月圓。

最愛滋湖水一溪，白頭唱和喜眉齊。
閑情逸似雲間鶴，壯志猶懷枕上鷄。
篋裏新詩情宛委，夢中舊雨意淒迷。
著書且趁秋光好，晚景婆娑日未西。

再叠前韵四首

録一

莫唱陽春白雪歌，知音自昔本無多。

敢云丘壑胸間貯，一任烟雲眼底過。

身似閑鷗隨逐浪，心如古井不生波。

虚名何用謀身後，覆瓿些些漫著魔。

和李碩誠進同學弟四支韵七律四首

録一　一九六一年十二月

碩誠弟曾就學于時敏中學高中，早具革命思想，抗戰期中入黨，先後擔任解放區重要工作。解放後任南京市文化局長，現任泰州市黨委第一書記兼市長。余依韵和之。

卅載滄桑可問誰，騷壇風月記當時。

流風遠紹芸香社，雅集常臨紅藕池。

覆瓿曾留詩史稿,銜杯猶憶酒家旗。

故鄉風雅今重振,幸賴賢侯善主持。

【注】

　　流風二句：吾鄉芸香詩社始于清初,盛于乾嘉間,先曾祖左亭公曾爲社長,迨光緒初猶存,王子勤觀察諸人重振之。社友先後數千人,四方名流多與焉。余早歲與仲一侯師等組織來復詩社,常集會于城內公園荷花池。荷花池爲吾邑游憩之所,有浮香亭,宋時州守陳垓所建。亭中區刻有蘇軾、蘇轍、秦觀、參寥四賢詩,王貽年書。

　　覆瓿句：余所作歷次社課詩稿猶存。

　　銜杯句：來復社常飲于酒家。

謝沈瘦石老吟丈爲斧政蕪稿呈二首

前年風行掃四舊,詩稿數冊被抄,今蒙發還。己酉暮春。　一九六九年

追得逋亡數卷詩,倩公斧政費清思。

敢云自愛千金帚,何幸親承一字師。

斵鼻運斤公力健，嘔心揮翰我情痴。
謳吟欲廢猶難廢，鈇腎鐫肝樂不疲。

人間難得是知音，文字交情我輩深。
飲我醍醐能灌頂，欽公風義足銘心。
文章評價邀青眼，休戚相關見赤忱。
幾頁蠻箋存手迹，照人古道此中尋。

再叠前韵寄呈瘦老

不是尋常唱和詩，相傾肝膽寄深思。
人間重義惟公厚，海上移情是我師。
立懦風高堪砭俗，憐才心切欲成痴。
箋箋寄我皆心血，雒誦回環不覺疲。

欲和難能是太音，高山流水意深深。
勝緣合指三生石，詩卷常存萬古心。
尊酒不辭傾積愫，瓣香應許掬蕪忱。

也知無益渾難遣，此外生涯何處尋。

答和蘇局仙吟丈賜詩四律即步原韵

錄一 一九七八年

霽月光風壽者容，爲公寫照略毋同。

蕭蕭鶴髮侵霜白，燦燦芝顏得酒紅。

飽閱興亡迷厥視，厭聞理亂塞其聰。

閑將餘緒資消遣，筆底烟雲燦彩虹。

和劉隽甫吟丈平山堂雅集三首次韵

錄一

隽甫係南京某大學教授，江南詩詞學會發起人、副會長。

綠楊城郭記前遊，月影烟痕有夢留。

廿四橋邊停畫舫，二分月上讀書樓。

鶯花婉娩恣吟賞,山水清泠憶釣游。

他日平山重集社,盍簪來會友吟儔。

和秦子卿教授平山堂雅集二首次韵

録一

子卿係揚州師範學院教授。

鶯花如錦柳如綿,雅集蕪城三月天。

十里春風妍似畫,一腔詩思涌於泉。

騷壇旗鼓風雲會,盛世謳歌翰墨緣。

雅頌重興千載事,廣陵佳話喜空前。

訪鄭逸梅丈

與陸稚游同訪於長壽路一六〇號鄭老宅

放翁導我訪高齋,拜識康成愜素懷。

一代盛名傳健筆,六朝小品著清才。

室名紙帳銅瓶雅，人訝琅嬛福地來。

座上春風承教益，袖中詩卷荷鴻裁。

訪朱孔陽丈

與謝蘭軒兄同訪於天平路八八號朱老宅。朱老松江人，曾任浙江省教育廳長、之江大學教授。精鑒賞，收藏甚富，詩書畫皆佳。

早欽物望久神馳，道德文章海內師。

曾自放翁知楷範，今從康樂識荆儀。

烟雲筆墨江山迹，龍馬精神松柏姿。

承惠法書珍手翰，幸承蘭教遂心期。

【注】

烟雲句：承示所藏古人名畫。

謝周谷城吟丈賜題拙著匡廬游草

濂溪學望重明時，道德文章海內師。
曾和瑤章勞斲堊，幸揮銀管爲題詞。
欣看楮墨光輝燁，頓使江山錦繡披。
敢掬蕪忱申謝悃，聊陳俚句致欽遲。

謝宋日昌吟丈賜題拙著匡廬游草

早從藝苑竊心儀，曾上吟箋寄慕思。
鄭國高名傾薄海，廣平餘緒擅臨池。
墨華增益江山色，彩筆承頒錦繡詞。
流水高山知我意，謝公揮翰爲題詞。

謝蘇步青教授賜題拙著退齋詩鈔

金聲玉振仰高吟，喜聽新天韶濩音。

生遇宣城甘俯首，晚逢玉局荷知心。

何期巴曲邀青眼，欲識荊儀遂素忱。

數語褒題榮衮冕，一箋墨寶重球琳。

贈國際敬老會長朱伯奇博士
四首錄二

朱伯奇先生近應上海市老人福利會邀請，回國參加該
會成立大會。滬上百餘老人賦詩歡迎，此四詩由朱老登載
于香港互助時代報第七期。一九八五年。

欣聞國際播新聲，敬老淳風洽世情。

千古中華好傳統，而今舉世亦遵行。

人生百行孝爲先，罔極恩深媲昊天。

力矯頹風澆薄俗，非常任務屬當前。

奉和玉如館長新居放歌四首

錄一

張思溫，字玉如，甘肅省文史館長。

相看飛雪上鬚眉，猶有童心愛戲嬉。
綠水青山依舊在，白衣蒼狗任多奇。
滄桑過眼難回首，風月隨心自解頤。
買醉不辭千日酒，耽吟贏得一囊詩。

和李楚材吟丈養痾華東
醫院詩七絕九首

錄三

八七年十月寄來原作，十一月答和寄去。楚材爲上海
市政協常委。

身如病鶴志鵬飛，欲上層霄試一啼。

籬鷃豈知鴻鵠志，還思振翮與雲齊。

婆娑晚景自從容，生見河清愜素衷。

閱盡風霜經雨雪，依然挺立有蒼松。

頭顱似雪鬢如霜，爲我揮毫擘硬黃。

一幀錦箋珍手迹，高懸蓬蓽燦生光。

謝周退密吟丈贈所作芳草集

大集名芳草，知君用意深。

蘭茝君子度，荃蕙美人心。

情繫天涯路，行師澤畔吟。

餘香留齒頰，逸韵蕩胸襟。

讀王白堅吟兄著夏完淳集箋校

七絕四首錄二　九二年二月

　　白堅兄爲江蘇社會科學院副研究員，爲箋校夏完淳集費六年功夫，糾正了柳亞子、郭沫若的錯誤（認爲他曾到過湘省與李自成聯合），乃是非常重要之貢獻。

血性文章血淚成，天才橫溢志堅貞。
心聲一卷留天壤，震撼山川泣鬼神。

一片孤忠同屈子，千秋正氣媲文山。
大哀若比江南賦，應使蘭成覺汗顏。

贈朱沛深學兄

　　沛深邃於地方文獻，著述甚多，現供職於泰州地方志辦公室。

寒窗攻錯憶英年，今日重逢雪滿顛。

眼底滄桑經幾易，尊前風月尚依然。

湖山游釣縈魂夢，文史搜求任仔肩。

邑乘重修千載業，仗君揮翰著鴻篇。

次韵奉和陳幼惕社長同館丈申江遣興五律四首

錄三 一九九三年

夐鑠希夷叟，問年道已忘。

孩提視彭老，生世邁羲皇。

筆挾風雲勢，詩成錦綉章。

名山迎杖履，學海示津梁。

徙倚江山秀，盱衡日月新。

盍簪逢勝侶，修禊趁芳辰。

却笑苦吟客，頻呼中聖人。

醉鄉饒至樂，詩國駐長春。

不惜千金擲，同消萬古愁。

烟霞供嘯傲，歲月儘優游。

詩卷留天地，聲名播亞歐。

尊賢逢盛世，攬勝遍神州。

中華人民共和國成立大典祝詞

一九四九年十月一日在北京舉行。七律九首錄二。

人間幾度換滄桑，奮鬥艱難歲月長。
千載重罹封建毒，百年備受列強殃。
水深火熱悲憔悴，地覆天翻正慨慷。
物換星移今易世，國基永奠祚無疆。

民生有幸躋新天，革命成功豈偶然。
苦戰廿年經患難，長征萬里矢貞堅。
紅軍浴血犧牲壯，烈士捐軀志節全。
可泣可歌多少事，光昭史冊耀新篇。

祝仲逸叟師七十雙壽

逸師名中，字率民，又字一侯，晚號逸叟，泰州人。南

社社員，政協常務委員。夫人陳紉蘭能詩詞。　　一九六
四年。

文章道德仰吾師，屈指嵩齡屆古稀。

一代騷壇推祭酒，九州風月供吟詩。

名山事業平生重，薄海聲華早歲馳。

天爵能修仁者壽，太平人瑞重明時。

春風楊柳憶師門，想見鬚眉矍鑠身。

累世交情追李孔，一時風雅屬蘇秦。

詩名自昔蜚南社，物望於今拱北辰。

晚景婆娑多樂事，白頭相對喜調孫。

賀故鄉泰州紅粟詩社成立

一九八四年

詩教重興際舜年，吾鄉勝事喜空前。

社名紅粟徵邦獻，業紹芸香繼昔賢。

擊壤高歌新日月，揮毫橫掃舊雲烟。

騷壇旗鼓風雷動，好佐神州治化宣。

【注】

業紹句：清中葉吾邑有芸香詩社。

賀揚州綠楊詩社成立

一九八三年

氣象崢嶸景萬千，眼中形勢勝堯年。

謳歌盛世空前業，開闢騷壇未有天。

十里春風盈座上，九霄花雨落尊前。

新邦雅頌興詩教，喜見今賢邁昔賢。

賀李楚材吟丈八十嵩壽即步自壽七絕八章原韵

海屋添籌不計年，滄桑過眼付雲烟。

此生幸見河清日，願作新民不羨仙。

襟懷坦蕩性真純，耄耋依然矍鑠身。

消遣餘年忘歲月，酣歌一曲太平人。

壯懷激烈氣豪雄，欲爲明時振世風。
卓識藎籌崇政席，爲民爲國寸心紅。

樹人事業重平生，樂育英才喜有成。
桃李花開千萬樹，九州四海各蜚聲。

盛世謳歌興不窮，尋常風月眼中空。
江山無限新詩料，萬首吟成媲放翁。

願爲中興獻此身，鬢眉似雪益精神。
餘輝餘熱猶能發，煥出新天萬象春。

喜君詩格似東坡，好句天成不琢磨。
雒誦瑤章殊未已，春風吹縐硯池波。

物望崇隆齒德尊，長修天爵自靈根。
吹噓藉得東風力，細草難忘雨露恩。

南徐李宗海吟丈寄示八十述懷七律六章索和依韵奉答

宗海號退翁,江南詩詞學會副會長,全國書法家協會會員,鎮江市政協委員。録二。一九八三年。

筆力劈開千仞嶺,詩情飛渡萬重關。
應知眼底無難字,不信人間有險灘。
天上碧桃須自摘,月中丹桂要親攀。
誰言此老年登耋,英氣真如少小還。

時清無復歌湯誓,世盛何須作楚騷。
萬里乘風探月窟,九天摘日駕虹橋。
廣寒擲杖原能達,銀漢浮槎路不遙。
詩興遄飛何所似,鯤鵬出海鶴騰霄。

賀上海書法協會主辦全市書法家
作品展覽

一九八六年九月

藝林盛事著申江,翰逸神飛煥耿光。

筆陣風雲千騎突,墨池烟水百龍翔。

輕舒鐵腕山川震,快灑銀毫錦綉張。

千古中華好傳統,繼承發展重新邦。

賀上海詩詞學會成立

一九八六年一月選出會長蕭挺,副會長李廣、胡辛人、
蘇淵雷、章培恒、羅洛,常務理事葉尚志、范征夫、楊冷、陳
鐘浩、余立、王退齋等。

歌頌重興際舜年,申江勝事喜空前。

振興華夏千秋業,開闢騷壇未有天。

日月重光歌盛世,江山萬象著新篇。

發揚光大承先緒,繼往開來賴後賢。

賀中華詩詞學會成立

一九八七年三月

騷壇旗鼓動風雷,報到都門大會開。
日月光華歌復旦,江山靈秀聚英才。
振興傳統千秋業,譜寫新天萬象賅。
舉國風騷歸總攝,任隆繼往更開來。

祝趙樸初先生八十壽

全國佛教協會會長,中央政協常務委員。曾爲我鄉喬園
招待所寫三峰草堂匾額,作園丁頌,余曾和之。一九八六年。

望重林壬拱北辰,太平人瑞國之珍。
早從革命求真理,晚悦禪機悟净因。
手迹騰輝光下邑,心聲吐臆頌園丁。
江山靈秀春長駐,海屋添籌數靡垠。

爲上海半江老人詩畫社建社十周擬輯紀念册賦詩乞文

一九八九年　四首録二

神州萬里,遍傳復旦之歌;春水半江,高舉揚風之幟。集騷壇之群彥,共吐心聲;播盛世之徽音,冀留爪印。我社建立以來,於兹十稔,聲聞影響,廣及九州,藻翰飛馳,遠交四海。惟念百齡倏忽,悵駒隙之難留;爰思一集長存,垂鴻泥於不朽。所望於海内吟朋,社中詩伯,扢揚風雅,大力支持;抒發高懷,熱情贊助。揚芬振彩,幸頌雲錦之章;剪翠裁紅,共潤江山之色。謹賦蕪詞,聊陳鄙意,巴人下里之詞,敢希雪和;玉振金聲之什,佇盼雲頌!

大纛高擎號半江,騷壇建節一軍張。

群賢薈萃風雲會,盛世謳歌錦綉章。

社號千秋垂史册,吟儔萬里結重洋。

十年踪迹堪留影,合輯芸編紀事詳。

【注】

頸聯:《中華詩詞年鑒》載本社名,去年與紐約四海詩社結盟。

山林肇路憶當年，慘淡經營記并肩。

春樹暮雲懷舊雨，秋華零露有遺篇。

精誠無間人天別，生氣猶存翰墨傳。

繼志揚芬存我輩，承先啟後賴群賢。

【注】

頷聯：十年前在虹口公園發起組社，諸老友潘勤孟、陸穉游、吳谷泉、柳北野、廉建中、任豐德皆已謝世。

生氣句：諸老皆有作品傳世。

祝賀上海建城七百周年

一九九一年

名城肇造海之涯，七百年來歲月賒。

國恥難忘百年史，民生改善萬千家。

地靈人傑懷先哲，霧列雲屯競物華。

日異月新宏建設，繁榮昌盛日增加。

祝蘇步青教授九十華誕

　　蘇老爲復旦大學名譽校長，全國人大副主席。一九九一年。

天誕英賢爲世生，文章事業早蜚聲。
士林冠冕尊前輩，學海津梁導後生。
碩望夙欽崇伏勝，遐齡天錫比籛鏗。
曾持蘐草邀青賞，快識荆儀遂慕誠。

　　附：蘇步青教授復函

王老尊鑒：

　　久疏音候，時縈懷思。今朝突奉華翰，雀躍之餘，深感慚愧。青虛度九十，雖賤體尚稱頑健，但記憶力顯著衰退，小事且不勝任，何況國家大事。辱承過譽，真的是入地無門矣。佳作自當珍藏作爲傳家寶。當前國內多處水災，國際風雲變幻，應當努力奉獻微力於人民，豈敢妄稱壽耶？知承錦注順以奉聞。初秋殘暑尚熱伏維珍攝，先此拜復，順祝吟祺。

　　　　　　　　　　　蘇步青拜一九九一年八月三十

奉到步老復書再以詩答之

壽屆期頤矍鑠身，猶思奉獻爲人民。

域中灾害關心切，海外風雲繫念殷。

思欲乘時圖獻曝，願將餘熱爇勞薪。

秋來寒燠常多變，承屬隨時善自珍。

賀求真詩社成立

和王白堅兄韵

一九九二年九月五日成立。丁芒爲社長，王白堅、王亞梅、竇天語、俞律爲副社長，社在南京。

高吟朗誦盈天下，欲聽心聲覺尚貧。

言不由衷都是假，語能率性始爲真。

吐詞既不從肝膽，落筆何能泣鬼神。

今日求真詩社立，騷壇一幟喜更新。

三百葩經世所宗，精研六義用無窮。

嘔心綴句情難達，放膽敢言氣自宏。

務去陳言除濫調，力排諛諂矯頹風。

惟將真性真情語，壓倒騷壇并世雄。

祝賀江蘇省文史館建館三十五周年
一九八七年

崇文敬老重新邦，傳統文明益發揚。

萬里山河增絢麗，千秋文史煥光芒。

風雲際會耆英集，翰墨優游歲月長。

自古人文江左盛，於今業績更輝煌。

同館胡燕南吟丈鍾京七八生朝述懷七律六章依韵和之

録二

耄歲耽吟興不衰,述懷詩句雜歡悲。
餘杯在手應須盡,一卷隨身不肯離。
漫以獨醒譏衆醉,任他亂舞讓群魑。
勸君珍重防腸斷,莫遣牢騷盡入詩。

以詩言志情須切,出語由衷率性真。
憂國有心懷屈子,於時無補愧風人。
早欽白也詩無敵,始信東坡筆有神。
我亦曾游京洛客,素衣幸未染淄塵。

挽陳毅元帥

抗戰期中,公曾數度來我邑泰州,與駐軍蘇魯皖邊區游擊總指揮李明揚商討聯合抗日事。　一九七二年病逝於北京。

罡風吹落將星隕,噩耗驚傳舉國哀。
圖像允宜首麟閣,論功端合冠雲臺。
治軍理政多奇績,緯武經文著霸才。
猶記吾鄉曾駐節,袛今父老尚縈懷。

挽周總理

一九五七年夏總理來滬,召集大專教師談話,獲親聆教誨。此詩陳列於周總理紀念館。

雲愁霧慘天容戚,木壞山頹動地哀。
記識荊儀親教益,遽聞薤唱動凄唉。

爲民盡悴留遺愛，舉世同悲失雋才。

瞑目永垂三不朽，招魂重賦萬流嗟。

挽郭影秋學兄

五選錄二。原名萃章,江蘇教育學院同學。早年從事革命,建國後任人民大學校長,北京新華社十一月十二日電:"中國人民大學名譽校長郭影秋一九八五年十月廿九日在北京病逝,終年七十六歲。彭真、宋任窮向其家屬表示哀悼慰問。"夫人凌靜,亦教育學院同學。

罡風吹落曉星沉，噩耗傳來悴我心。

一去燕臺成永訣，臨風揮淚動悲吟。

晚歲南游事養痾，閑中消遣愛吟哦。

醫寮重晤通酬唱，檢點遺箋淚欲沱。

挽柳北野社長

十首錄三

一九八六年三月十一日病逝于上海家中。

北野名璋，四明人。先後畢業于持志法學院、正風文學院，曾執教于某某大學。工詩善書，兼長金石，爲中國書法家協會會員。著《芥藏樓詩集》，友人爲之出版，印二千餘本，流傳國內外，聲名譟甚。客歲受聘爲上海文史館員。初余見君作《西湖百詠》七律、《黃山游草》百二十首，嘆爲驚才。君見余所作和錢釋雲丈《落花詩》步和十五律，亦加激賞，由是相識恨晚。先後浼余同組半江詩社、江南詩詞學會。商量文字，唱酬推敲，殆無虛日。平生師友如君實鮮，遽聞溘逝，曷勝震悼。含淚濡毫，賦詩十首。

春風忽地釀新寒，吹落文星光又殘。
千里隴山聞噩耗，龍鍾雙袖淚難乾。

【注】

千里句：時余在蘭州，三月七日接小女自滬來信，告以噩耗。

華嚴閣上題襟處,震澤湖邊聯句時。

擊鉢聲中先我就,當筵爭誦柳州詩。

【注】

一九八三年十二月七日,江南詩詞學會在鎮江焦山華嚴閣舉行成立大會,余與君皆以發起人出席,與李劍老三人皆被選爲副會長,負責上海方面事務。八四年六月一日,江南詩詞學會在無錫馬山輕工休養院舉行第二次理事會,余與君一起出席宴會。席上劉雋甫副會長首唱"五月江南集太湖,天風吹浪動三吳"屬續,君先我而成,合座嘆賞。我續句云:"詩人不詠閑風月,要寫江山壯麗圖。"

人生難得是知音,唯有鍾卿獲我心。

再撫高山流水曲,淒然欲絕伯牙琴。

悼鄭逸梅同館丈

南社社員,上海文史研究館館員,名作家。一九九二年七月十一日逝世,壽九十六歲。

年來舊雨漸凋零，又見長天隕一星。

尺錦已邀天下重，寸陰猶惜案頭珍。

文名自昔蜚南社，物望於時拱北辰。

幾叠遺箋重檢點，墨痕點點淚痕新。

挽俞振飛先生

一九八四年吾鄉舉辦梅蘭芳九十誕辰紀念，余與先生同受邀請，同車還鄉參加。余所繪梅先生像三幀皆蒙先生題詞。一九九三年七月十七日逝世，壽九十二歲。

劇壇山斗早名馳，一代京昆號大師。

幸識荊儀親雅範，拙涂梅像荷題詞。

梨園絕藝推前輩，菊部傳薪啓後知。

一別何期成永訣，白頭聞耗動悲思。

魯迅先生誕辰百歲紀念

一九八一年。　李猨叟教授曰：超卓典雅，不同凡響，爲之執鞭所欣慕焉。

漫天風雨九州昏，天遣巫陽喚國魂。
直以霜毫誅魑魅，誓將熱血薦軒轅。
橫眉冷對千夫指，革命猶爭一息存。
活在人心生氣勃，普天同慶百年辰。

敬瞻于右任先生遺像

一九八四年十月在文史館瞻仰遺像。此詩載十一月十三日上海解放報。

五十年前記識荊，鬚眉奕奕貌崎嶔。
只今史館瞻遺像，難禁人天感舊情。

曾記石家壁上詩，英雄吐屬句多奇。

玉山西望鄉關遠，遺恨難消老健兒。

【注】

于老詩："我亦關西老健兒。"

離鄉東去困愁城，垂老彌深故國情。

化鶴歸來應一笑，故園松菊并增榮。

林則徐誕辰二百周年紀念

一九八五年。　神州鼓樓區文化局與三山詩社聯合
來函徵求。

江山靈秀毓人豪，卓識雄才叔世高。

一炬焚烟寒敵膽，卅年從政念民胞。

昇沉無定逢庸主，休戚相關有故交。

降嶽於今二百載，緬懷先哲激心潮。

唐文治太夫子誕辰一百二十周年紀念

蘇州大學來函邀請參加唐太夫子學術討論會。一九八五年。

荆川物望重儒林，道德文章海內欽。

力倡四維崇國體，闡揚五義正人心。

培才遠樹百年計，拯世常存千古忱。

今日吳中開盛會，重研遺教意彌深。

春　笋

年十五作。此詩曾由南社社員仲一侯師寄柳亞子先生,得其激賞。

茂林蔭下托根棲,密籜重重相護持。

大節而今猶未著,新芽初露已稱奇。

干霄有待期他日,脫穎何當趁此時。

欲見琅玕成鳳彩,及時雨露幸常施。

秋　柳

步王漁洋原韵

余年十九作。李時芬教授曰:"讀此如縻瑤貝,如飲瓊漿,足以適口沃心。"

西風吹斷旅人魂,勒馬重經蘇小門。

搵眼愁看枝上月,畫眉空憶鏡中痕。

漫詢桃葉當年渡,欲覓苧蘿何處村。

十二樓臺歌舞地,浪游回首不堪論。

紅板橋頭昨夜霜,鄰鄰人迹繞荒塘。
攀條誰惜歌金縷,壓紙曾憐滿玉箱。
怕折腰枝迎客子,羞顰眉宇動君王。
黃金揮盡春光逝,一樣傷心碎錦坊。

萬方儀態不勝衣,回首繁華事事非。
畫里春風空省識,樓頭別夢尚依稀。
誰知前度蕭郎在,不見當時燕子飛。
略記臨風三弄笛,飄零久與故人違。

婆娑生意絕堪憐,猶復低徊弄晚烟。
對酒奚堪尋墜緒,當歌深愧少輕綿。
天涯游子新歸客,塞外封侯舊少年。
此日停車倍惆悵,丰姿猶認夕陽邊。

新　燕

在江蘇省代用中學初中三年級時作。馬東皋夫子評曰:"情韵哀艶。"

雙翼飛來故國春,東風烟草一回新。
問渠今日還相識,我是烏衣舊主人。

主人恩愛尚依依,鎮日搴簾待爾歸。
莫道門前春色少,一枝紅杏照斜暉。

紅樓高處杏花天,片片東風兩兩旋。
門外斜陽春欲晚,飛來沖破一痕烟。

門巷依稀故壘荒,重幃猶自掩虛堂。
可憐弱蒻隨風去,飛入盧家玳瑁梁。

碧 桃

和同社陳碧孫原韵

羞與群芳鬥色妍，劉郎去後總凄然。
春光濃艷憐三月，人面依稀似去年。
和露曾栽天上種，隨波肯出洞前川。
仙源悵望盈盈隔，載得相思滿釣船。

甌 蘭

和梁小龍原韵

春深南海茁花肥，九畹幽香掩眾菲。
能托素心惟屈子，略無清夢到湘妃。
涉江肯許隨人采，出谷終嫌與願違。
芳草青青甌水綠，臨風寂寞照斜暉。

垂絲海棠

二首和同社楊博泉原韵

倚檻無言但弄絲，向人羞怯掩芳姿。
痴情繾綣終難釋，愁緒紛紜不自持。
紅燭迎來雲鬢嚲，綠章奏罷月華移。
應知仙品非凡卉，金屋深藏未算奇。

【注】

　　仙品、金屋，皆垂絲海棠典故。見《廣事類賦》。

憑誰一一理情絲，小院春深懶弄姿。
承露有心空繾綣，倚風無力倩扶持。
金鈴難繫愁千緒，銀燈燒殘夜幾時。
酒力不勝新睡覺，夢魂縷縷憶多奇。

玉蝶梅

和同社夏鑒清原韵

瓊枝低亞漾清輝，風裊寒英栩栩飛。
月下翩躚疏影淡，花前浮動暗香微。
韓魂欲化春猶淺，莊夢初闌雪正肥。
絕愛羅浮初舞罷，臨風猶曳素羅衣。

魏　紫

和同社高壽徵世伯原韵

葛巾瀟灑遁林泉，海上雲紅映几筵。
不羨錦團凝露艷，聊投絳袂趁風翩。
名高鄴下誇才子，人在蓬萊號謫仙。
最愛洛陽春欲暮，餘霞晚景正多妍。

【注】

　　紫牡丹有名蔚巾紫,有名海雲紅,有名錦團紫、
蓬萊紫。

姚　黃

和同社李許滋原韵

百花誰與比風光,燦爛金英耀艷陽。

舉國春華推作主,中原王氣正無央。

淵源遠溯從虞舜,遺愛難忘自李唐。

萬紫千紅都遜色,一齊俯首拜真王。

綠牡丹

泰社六集,沈本淵社長值課命題

生從瑤島重仙根,眼底群芳豈共論。

俗粉凡脂都遜色,淡螺淺黛總銷魂。

烟籠簾草渾無影,露浥階苔淡有痕。

不向人間慕朱紫，輕蓑自足傲王孫。

九秋咏

九首錄六　丁亥秋暮，一九四七年

秋　風

起從天末到人間，頓覺兢兢徹骨寒。
廣廈未成茅屋破，緼袍待贈褲襦慳。
飄零落葉行看盡，卷却殘雲去不還。
颯颯商颷驚忽至，危樓一角豈能安。

秋　雲

白衣蒼狗費疑猜，欲見青天撥不開。
竟使太清蒙滓穢，遂教明鏡著塵埃。
不爲霖雨成何用，祇恐西風再卷來。
能作奇峰時已過，怪他出岫不知回。

秋　雨

聲聲淅瀝復淒其，聽斷梧桐葉落時。

但覺寒心聞點滴，不堪回首望雲霓。

化爲甘露成空想，欲濟枯苗惜已遲。

若使綿綿長不絕，積潦成患更堪悲。

秋　月

普天翹首望明輝，合向人間照隱微。

總被蟾蜍長剝蝕，遂教兔魄失迷離。

纔逢圓滿旋成缺，盼到團圞轉又虧。

莫像齊紈遭棄置，應如秦鏡任人窺。

秋　蟲

啾啾唧唧但長鳴，似向人前訴不平。

莫道牆陰無覓處，須知天下已商聲。

呻吟不已非無病，怨慕如斯總有情。

祇恐夜深霜露重，區區微命易傷生。

秋　扇

金風乍起突生寒，世態炎涼反覆間。
直合棄捐同敝屣，誰將珍惜重輕紈。
行藏無定因時異，用舍由人自主難。
却暑招涼功已竟，此身已分是投閑。

九老吟

九首錄四　戊子一九四八年秋

老　馬

久歷疆場歲月侵，馳驅敢道立功深。
乞幨誰市千金骨，伏櫪猶存萬里心。
羞向群駒言識路，願隨老犉早歸林。
縱教伯樂方皋在，難與疲羸論賞音。

老　鷹

摩天振翮搏雄風，眼底鷄鳶一例空。

曾與鯤鵬爭上下，恥隨犬馬論勛功。

中原狡兔依稀盡，舊日虞人次第封。

玉爪金鈎藏不用，江干閑伴信天翁。

老　猿

滄桑幾度閱人間，細語猢猻入世難。

在谷幾曾抛涕淚，登場深悔著衣冠。

休將獻果求偕俗，愼勿貪花愛出山。

臨險登高防失足，危崖頂上莫輕攀。

老　牛

聳骨成山力不支，一身盡瘁不知疲。

平生幸未衣文綉，終歲還當負軛犁。

牽鼻由人隨叱咤，低頭無語任鞭笞。

頹然偃臥斜陽裏，剩有深情舐犢兒。

咏春寒等六首

己丑—九四九年春

春　寒

春回大地已多時，猶覺兢兢徹骨肌。

赤縣有民咸戰栗，蒼天何處不淒其。

山河仍被冰霜鎖，草木曾無雨露施。

何日陽和昭大地，東風吹放百花枝。

春　陰

穹廬四顧望迷離，但覺沉沉黑幕垂。

遮斷蒼天如永夜，化為霜雨待何時。

好花入眼全無影，紅日當頭總不知。

願倩東風吹拂力，驅除雲翳見晴曦。

春　霧

茫茫宇宙罩鴻濛，都在迷離惝恍中。

大道欲行迷左右，前途莫測失西東。

舉頭只覺千重障，入眼難明萬象蒙。

蓋地遮天終不久，須臾待見太陽紅。

春　雨

小樓聽徹響潺潺，滴斷愁心點點寒。

小草沾來咸茁壯，好花受到悉摧殘。

韶光悮盡春將去，綺夢驚回夜已闌。

願把烏雲都掃盡，陽光普照遍人間。

春　雪

六出飛花下九重，無邊烟景盡彌封。

看他翻黑都成白，竟爾將春誤作冬。

偶趁東風雖有勢，化爲流水便無踪。

撒鹽飛絮都成幻，玉宇瓊樓總是空。

春　雷

天威一震迅雷霆，似爲人間訴不平。

灼灼金蛇先示象，嗚嗚瓦缶敢争鳴。

試看伏蟄聞聲起，遂使英雄失箸驚。

行見沛然霖雨降，從兹草木盡萌生。

豫園九曲橋觀荷

乙巳七月與天游、玉清同游。余首唱一律，兩公答和，因再和之兼贈子彝、夢麟。

濯濯清姿玉潔身，翛然瀟灑出風塵。

丰標自合稱君子，顔色何妨借美人。

皎皎迎風饒遠韵，盈盈隔水見精神。

平生自愛清凉境，九曲橋邊夏似春。

咏菊答和秋非秋館主人

主人凌氏，孀居撫孤至成立，詩才清雋不多作。丁巳
九月。

秋深老圃益精神，寄迹東籬絕俗塵。
歷盡清霜貞晚節，恍疑明月是前身。
幽芳落落真遺世，仙骨珊珊足傲人。
三徑歸來娛晚景，扶疏喜見幾枝新。

殘水仙

市上購得殘水仙一株，携歸以净水養之，賦詩寄興。

殘妝猶是水中仙，底事沾身到市塵。
直與青葱同論價，難和緑萼共爭妍。
清泉白石誰將護，玉骨冰姿祇自憐。
忍使名花任憔悴，解囊我爲贖嬋娟。

再成七絕四首

錄二

平生清不欲人知，歷盡冰寒雪酷時。
身比梅花更高潔，托根從未染污泥。

一甌清水寄生涯，此外無求望不奢。
寂寂寒窗同度歲，不須消息問梅花。

咏　雪

六出飛花散九天，長空降瑞兆豐年。
萬間廣厦晶銀砌，千頃膏腴粟帛連。
戰鬥玉龍盈海宇，馳驅蠟象滿山川。
彌天一望無餘色，莽莽乾坤盡燦然。

春　雷

霹靂初聞第一聲，天威始震使人驚。

試聽天上金鼙振，不許人間瓦缶鳴。

入地沙蟲應猛醒，當春草木遂萌生。

從茲霖雨因時降，喜慰蒼生喁望情。

喜　雪

五古二十四韻

中夜寒起粟，孤衾冷如鐵。

門外車無聲，室中燈已滅。

白氣入虛窗，照我繩床澈。

恍疑天欲明，豈知雪已積。

未見彤雲布，忽訝寒晶結。

自天下無聲，著地遂有迹。

莫謂寒可憎，須知除害力。

凍死地下蟲，始得豐年吉。

萬頃積棉糧，千山堆粟粒。

廣厦千萬間，儼然皆玉甃。

大裘千百丈，都是銀狐綴。

閭閻衣食足，倉庾糧絮溢。

瓊花散九天，琪樹千林立。

玉女下瑤臺，素娥辭銀闕。

玉龍戰太空，抖擻揚威烈。

蠟象滿郊原，馳驅頻報捷。

閒看小兒童，不畏寒風冽。

搏雪塑人鬼，媸妍殊有別。

面目何不同，道是分我敵。

喜看天不夜，萬象森然列。

生爲盛世民，何用更戚戚。

夜闌不成寐，詩魔催我急。

信口漫吟哦，吟情正飛越。

紅日射晴窗，消盡寒威脅。

【評】

　　沈瘦石老人評曰：通體秩序謹嚴，中段有思致，有

寄托，廣厦、大裘幾聯及塑人鬼、面目、敵我等句尤爲精
湛足佩，筆健思清，老朽不及也。

陸缶翁贈我花瓶賦詩謝之

七古

缶翁贈我養花瓶，其物非重意非輕。

虛懷容物心常泰，守口如暗身自寧。

腹中何所貯，一勺水清泠。

口中何所吐，百花氣芬馨。

納新吐故供呼吸，去污除垢不容淳。

但願花常好，不辭自苦辛。

日夕相對坐，助我詩興靈。

咏白梅

辛亥臘月賀亞之兄以所作白梅一絶見示，啓我詩興，
爲賦七律四首與之。

平生清不欲人知，獨抱冰心與世遺。

自愛貞姿同璞玉，却羞艷色似胭脂。

孤芳獨賞誰堪伴，傲骨天生瘦亦宜。

歷盡冰寒經雪酷，春回大地燦瓊枝。

高臥深山枕石根，不知人世有寒溫。

素心羞與群芳伍，玉貌無求本性存。

雪裹難尋高士迹，月中宛見美人魂。

平生不慣調羹事，寄語詩人仔細論。

臨風玉樹望森森，不受塵埃一點侵。

綠萼絳仙都遜色，蒼官青士是知音。

堅貞早礪冰霜節，皎潔無慚天地心。

磊落清標勞向往，羅浮山色入雲深。

身是瑤臺謫降仙，淡妝素抹倍增妍。

幾生修到能爲伴，一夢相逢總是緣。

自有丰神稱絕代，不須顏色賜從天。

多情惟有林和靖，爲爾銷魂拂玉箋。

【評】

　　賀亞之曰：借物抒懷，寄托遙深，對仗工穩。詞語清新，詠物至此，使我心折。

　　此詩選入《全球當代詩詞選集》。

殘　梅

　　辛亥除夕市上購得殘梅一枝歸而養之，賦此寄興七絕四首。

生長深山適性天，泠身何事到囂塵。
祇緣在谷無人惜，開遍千林不值錢。

輕拋故土棄根株，入市來求善價沽。
除却調羹無別用，人間需要本無多。

雪中高臥鮮人知，傲骨天生瘦亦宜。
自顧芳容憔悴甚，相逢青眼固應稀。

素心豈易向人開，祇爲東風著意催。
在谷原無人解惜，出山誰識謫仙才。

咏紅梅

七律四首録二。吳沛和吟丈近作紅梅一律，讀之稱
快，賦此答之。

胭脂容貌鐵心肝，二者能兼是所難。
入世不虧高士節，適時聊作美人顔。
早占春色先天下，自守孤芳在谷間。
骨抱九仙衣一品，萬千朱紫漫同看。

尋到孤山處士家，喜看春色滿檐牙。
蒼山掃盡千年雪，赤縣開成萬樹花。
名冠東風稱第一，春回南嶺望無涯。
沖寒破臘爭先發，領導群芳次第葩。

咏白菊

二首和吴沛和原韵

生長寒霜冷露中，瑩瑩玉貌耀籬東。

貞姿不受塵埃污，傲骨何求天地容。

獨抱幽芳矜晚節，耻將艷色媚西風。

莫嫌老圃秋容淡，留得斜陽返照紅。

淡泊長甘老圃中，守貞抱璞隱墙東。

風欺雨壓猶存傲，露冷霜寒不改容。

惟有蒼松堪作伴，儼如玉樹正臨風。

祇今三徑歸來日，晚景偏憐夕照紅。

【注】

守貞句：後漢王君公避亂隱墙東。

秋　柳

步王漁洋韵

四十八年前曾作是題,未免綺思悱惻,今老矣,不能用
也。壬子秋日。

金風颯爽邑吟魂,秋老柴桑處士門。
眼底真宜娛晚景,眉端漸覺染霜痕。
逢迎早謝青雲路,搖落深居黃葉村。
走馬章臺回首處,舊游如夢漫重論。

飽經風雨歷星霜,剩得長條拂野塘。
抽盡金絲盈萬縷,拋殘粉絮滿千箱。
自憐弱質先凋顧,羞説清姿舊姓王。
不羡靈和移植處,長甘寂寞永豐坊。

臨風無復舞春衣,送往迎來事已非。
瘦盡沈腰難再折,青垂阮眼未全稀。
穿梭老去鶯聲杳,繫帛歸來雁字飛。

一自長亭離別後，天涯游子久相違。

樹猶如此絕堪憐，林下風來弄晚烟。
裊娜更無疇昔態，輕狂脫盡舊時綿。
榮枯已分隨朝露，蕭瑟何曾感暮年？
莫道婆娑生意盡，風光無限夕陽邊。

憶　梅

壬子歲暮購梅不得，因憶所懷。七絕八首錄四。一九七二年

江南客子昔無家，夢裏相逢萼綠華。
淡粉輕烟清欲絕，羅浮山下月橫斜。

冰姿雪貌絕丰神，曾共寒窗日夕親。
坐挹清芬餐秀色，濃桃艷李總成塵。

江上烟塵久鬱森，南枝消息十年沉。
春風又綠江南岸，聞道香消悴我心。

月地雲階易斷腸，幾曾百遍逐空香。

芳魂縹緲知何處，消息何曾入夢鄉。

【注】

月地句：借陸游詠梅句。

幾曾句：黃仲則詩："細逐空香百遍行。"

落花詩

七律十五首和梁溪錢釋雲吟丈韵。錢老爲南社社員。錄十

廿四番風著意催，百花紛謝總堪哀。

芬芳萬朵從兹盡，燦爛千林憶昔栽。

竟墜下流隨濁穢，曾開上苑望崔嵬。

韶光百六難回首，剩有殘紅點翠苔。

絕似仙娥解佩環，九天珠玉雨潺潺。

綠珠殉節曾無怨，紫玉升仙去不還。

有淚祇緣經夜雨，無言獨自下春山。

怪他青帝無情甚，墮溷飄茵總不關。

封夷含妒苦相猜，竟使明妃去紫臺。
殘艷絕憐鵑血染，餘香猶逐馬蹄來。
風踩雨躪奚堪問，地老天荒大可哀。
記得昨宵紅燭照，可憐蠟炬已成灰。

青春可駐本無多，腸斷秋娘一曲歌。
貼地艷如鋪錦褥，飛天綺似撒雲羅。
朱顏欲改誰能阻，弱質先凋可奈何。
到死不知顏色悮，殘妝猶自覺娥娥。

關山飄泊事長征，歷盡風塵蜀道平。
偶爾乘風雖有勢，蕭然墮地一無聲。
愁聞暮雨吳娘曲，怕聽琵琶商婦行。
自古紅顏多薄命，文君何必怨長卿。

豈有名香可返魂，子規啼血遍荒村。
無邊光景須臾逝，大塊文章幾許存。
粉褪脂殘猶絕色，烟銷雨歇剩啼痕。

宜春苑裏繁華歇，草長苔生深閉門。

瀟瀟一夜雨兼風，萬紫千紅轉眼空。
委命已隨朝露没，餘生猶戀夕暉紅。
洛陽會裏曾相見，金谷園中幾度逢。
太息真花容易落，長春祇在畫圖中。

芳魂渺渺苦難招，悵望情天竟暮朝。
留得埋香青冢杳，空餘吊影日輪高。
春風欲斷恩難捨，曉露猶承淚不消。
欲斬情絲除業障，却從何處借并刀。

美酒難消萬古愁，春殘花落水東流。
有香有色須當惜，傾國傾城總合休。
簾外飄殘紅雨黯，天涯望斷綠陰稠。
待看來歲春重到，紅紫依然千萬頭。

惜花人老立花前，折得殘枝憶少年。
欲去難留嗟綺夢，從來易散是瓊筵。
風吹蕉葉珊珊響，露滴殘英顆顆圓。

拾取盈筐明日賣，料應難值酒家錢。

古藤行

七古五十一句

　　上海閔行鎮昆湯路之東有古藤一株，年代久遠，友人
謝冷梅執教于斯，導往觀之，見其根幹壯偉，枝葉繁茂恣態
優美，生氣盎然。惜旁無碑志可考，據稱地方當道已重視，
將興建亭園以彰之，屬爲詩紀之。

閔行之郊有古藤，根如虎踞幹龍騰。

枝若虯蛇繞環繩，葉似松楸不凋零。

其氣磅礴勢嶙嶒，任爾風霜雨雪之侵凌，泰然自若全其真。

若問此藤年幾何，或云炎漢或孫吳。

或謂六代或隋初，鄉人父老言各殊。

惜我未曾稽志書，亦無碑志供觀摩，姑妄聽之姑信諸。

不論漢吳與六代，千年神物應無怪。

歷盡興亡幾代謝，刀兵水火迭相害，飽經憂患今猶在。

豈緣呵護有神靈，豈緣解惜有其人。

清風明月長相親，荒榛蔓草自爲鄰。

只爲此身非有用，不爲世人所器重。

樵之不能供爨薪，伐之不能作梁棟。

幸以不材得天年，夷然生長道路邊。

春秋縱有花枝發，豈如穠桃艷李之鮮妍。

自喜質賤身頑健，風欺雪虐初無畏。

任彼天災人禍多奇變，終見河清與海晏。

新天雨露喜親承，晚景婆娑堪愛戀。

行人過此每延佇，俛仰留連不能去。

或謀立碑更建亭，文物表彰名斯著。

我謂此舉實無需，盛名之下實難符。

國中寶物自古多，棄如敝屣委丘墟。

任其泯滅蕩無餘，幸得珍視者幾何。

嗚呼區區一藤何足寶，已幸安全得完好。

餘生不作非分求，秋月春花自終老。

與李天行吟丈中山公園共賞牡丹

天生麗質冠群芳，占得東風第一香。

萬卉傾心欣得主,百花低首共尊王。

早欽品誼傾天下,夙負聲名重洛陽。

長沐堯天新雨露,名園同賞日方長。

咏綠梅

庚午孟春與文史館同人赴鄧尉探梅,見綠梅一株,同
人囑詠之。

尋春鄧尉訪山家,恍遇仙人蕚綠華。

螺黛輕描眉樣淺,翠翹橫插鬢絲斜。

却嫌絳樹姿容俗,休道瓊仙玉貌佳。

別有丰神描不似,羅浮山色碧雲遮。

題畫竹

瀟灑臨風三五枝，不撓不屈挺貞姿。
生來直節稱君子，老尚虛心是我師。
在地綠陰晴似雨，行天赤日午難知。
風吹葉葉聲聲響，疑是千軍萬馬馳。

題自繪漁父圖

七絕二首

欲爲王佐真欺世，希作客星亦盜名。
姓字何須污史冊，一竿便可了吾身。

終老江湖一釣竿，祇今何事說嚴灘。
當時不把羊裘著，那得由人另眼看。

題漁樵耕讀四幅七絕四首
一九四一年泰城易幟後

漁

何處仙源可避秦，筆端寫出武陵春。

桃花兩岸紅如錦，肯許漁郎再問津。

樵

秋光點染爛柯山，紅葉蕭疏夕照殷。

樵罷倘逢觀弈事，勸君暫莫返人間。

耕

牽牛洗耳水之濱，避世何當作逸民。

我亦有田圖畫裏，也思去學許巢身。

讀

莫道君胸擁百城，了無一用是書生。
古今幾輩儒冠誤，翻恨秦燔燒未清。

題自繪紅樓夢故事畫冊
七律十首

一九七九年十二月中旬，應南京鼓樓公園園長靳潛先
生之徵求，至八〇年一月底繪成十幅，各繫七律一首，寄往
參加元旦展覽。

元春歸寧

淑妃生長自名門，貴甚彌懷罔極恩。
禮重歸寧籌盛典，情殷孺慕簇啼痕。
亭臺題咏誇才藻，燈火繁華撼夢魂。
鳳輦重來更何日，林花閑煞大觀園。

探春結社

閨中慕雅結詩盟，姐妹聯翩盡列名。

欲與鬚眉爭一席，遂邀巾幗聚群英。

風追蓮社吟情溢，迹紹蘭亭雅集成。

秋爽齋中爭擊鉢，海棠花下競飛觥。

【注】

　　欲與句：探春發起詩社請柬中語。

菊花詩會

金風送爽菊花開，共賞名花騁雅懷。

刻限焚香催急就，苦思繪影費剪裁。

黃花有幸邀真賞，紅粉多情盡美才。

畢竟瀟湘異凡響，嚼香一語獨占魁。

蘆雪庭聯句

北風一夜雪花飄，蘆雪庭前詩興豪。

天雨晶花飛粉絮，地鋪玉屑蓋瓊瑤。

珠聯璧合天工巧,素裹銀妝色相嬌。
試問謝庭吟絮女,何如此際比才高。

四美釣魚

俯檻觀魚意自閑,臨淵生羨試垂竿。
錦鱗容與知渠樂,香餌浮沉欲釣難。
池上風來掀翠袖,波中泡起綻朱顏。
是誰投石飛來急,驚起游魚去不還。

黛玉葬花

落花猶似葬花人,一樣紅顏薄命身。
無可奈何春欲去,誰能遣此淚難禁。
忍看艷質埋黃土,為賦哀詞悴素心。
聽到無聲腸斷處,有人掩面欲沾巾。

寶釵撲蝶

滿園紅紫競芳菲,蛺蝶尋芳繞院飛。
繡翼翩躚旋上下,輕紈搖曳逐參差。

蝶沾曉露凝香粉，人立春風舞畫衣。

庭院深深人語細，隔簾遥聽是耶非。

湘雲眠芍

美人既醉意醺然，小坐花陰便欲眠。

酒味肌香渾不辨，花光人面共爭妍。

輕舒玉臂遺紈扇，斜壓雲鬟墜翠鈿。

正是睡鄉滋味美，漫燒高燭照嬋娟。

惜春作畫

嬌憐最小事丹青，天賦聰明自性靈。

欲使名園春永駐，爰施彩筆色常新。

樓臺金碧經營密，木石清華繪製精。

百畝園林成縮影，畫圖一幅具雛形。

寶琴立雪

琉璃世界綴瓊瑶，襯得紅顏分外嬌。

境似瑶臺連閬苑，人如仙子下層霄。

手中花綻珊瑚朵，身上衣披孔雀毛。

羨煞滿園諸姐妹，輸他風致忒妖嬈。

晴雯補裘

强扶病體事針神，爲感多情賢主人。

裘號雀金原可貴，情如燕玉更堪珍。

因憐風雪寒侵骨，不惜疲羸病在身。

妙手補成無迹象，芳心寄處益增溫。

題湖莊野趣圖
辛酉正月。五言排律五十句

　　南沙百歲老人蘇局仙，住南滙縣周浦牛橋宅，後有湖曰東湖，因號所居曰湖莊，其室曰水竹居。門人朱子鶴畫師繪《湖莊野趣圖》屬題。

天地鍾靈秀，江山誕吉人。

河清逢盛世，歲永駐長春。

厥有眉山裔，來居澧水濱。

滄桑頻過眼，風月盡隨身。

壽考齊南極，聲華拱北辰。

騷壇推祭酒，藝苑仰扶輪。

擊鉢詩無敵，臨池筆有神。

才兼三絶備，學笑五車貧。

腕底烟雲起，胸中丘壑陳。

心隨雲鶴逸，身與海鷗親。

坐擁百城富，臥游五岳頻。

結廬在人境，避地遠囂塵。

水石居清静，湖莊著隱淪。

境幽饒野趣，室静養天真。

簾草階苔密，楹書壁畫珍。

菊松三徑茂，蘭桂兩行循。

四壁縹緗列，一庭花木勻。

高軒時蒞止，當軸屢存詢。

門外花迎客，檐前鳥唤賓。

蒲車常迂聘，玉杖佐吟巡。

敬老新邦重，崇賢古禮遵。

太平人瑞見，上世地仙倫。

龍馬精神健，鶯花歲月新。

欣看風景美，妙寫畫圖真。

彩筆煩高弟,蕉詞獻壽民。

【注】

澧水:周浦一名澧溪。

題自繪梅蘭芳先生像

一九八四年泰州市爲舉行梅先生誕辰九十周年紀念
活動,徵求繪像,此像藏于泰州市博物館。

緬懷行誼溯平生,姓字堪增邑乘榮。
大節凜然居國難,高風卓爾重鄉評。
梨園一代尊山斗,梓里千秋仰典型。
安得黃金供鑄像,聊持彩筆爲圖形。

題自繪俞慶棠師像

俞師爲愛國民主教育家,中央人民政府教育部社會教
育司司長。

梁溪負笈憶當年，絳帳春風記宛然。
慚負薪傳辜望切，謬承器使荷恩偏。
百年大計開民智，千載芳徽著史篇。
寫就遺容依約似，如親謦欬講堂前。

題自繪仕女圖四幀

裊裊東風拂綠楊，幾枝紅杏出雕墻。
搴幃但覺春光好，燕子飛來總是雙。

竹陰深處覓清凉，消得炎炎夏日長。
撫石臨流堪小住，野風吹送白蓮香。

梧葉蕭蕭楓葉丹，金風乍起覺生寒。
拋書抱膝沉吟久，一字推敲尚未安。

月色橫窗霜滿地，松聲謖謖夜寒多。
臨溪自照驚鴻影，人比梅花瘦幾何。

題東山絲竹圖

品絲調竹憩東山，謝傅風流不等閑。
内抑權奸外平寇，從容確保晉江山。

後世風流將相多，但安宴樂愛笙歌。
内憂外患交相逼，束手無方喚奈何。

題四大美人圖

西　施

阿儂生長在農家，日日江頭自浣紗。
不爲沼吴存越國，此身何至事夫差。

昭　君

漢家國策重和親，不惜深宮出美人。
此去便教邊塞靖，勝他衛霍號能臣。

貂　蟬

焚香拜月欲何求，爲國除奸解主憂。
不惜以身輕事賊，美人於此失深謀。

楊玉環

麗質天生冠六宮，君恩朝夕信方濃。
范陽鼙鼓掀天起，一曲霓裳舞未終。

題東坡洗硯圖

呼僮洗硯莫辭辛，滌垢除污要認真。
宿墨莫教留一點，文章寫出始清新。

丁卯清明節記事

丁卯三月初五日清明節，五省聯軍殘部鄭俊彥、白寶山兩師自邑東姜堰等地攻泰城駐軍，北伐軍張中立部退守揚州，敵軍入城縱兵殺掠，大捕進步人士及進步青年。淮東中學校長袁康侯、民主人士王慎之世伯皆被戮。泰報館館長李海秋為亂兵所斃，市民被屠殺者甚多，民間被搶劫污辱拷掠不計其數。余於數日前方與友人組織中山主義促進會，黨旗、會章皆在余家，晨聞槍聲，乃密藏之。有頃槍聲停，而街頭人聲急，乃開門瞻望，適有散兵，二持槍入巷，余急閉門，詎已至前，急以槍敲門，不得已啟門，二兵入，余急以兩手各握其槍尖，兩兵四顧逡巡，余毋出以理喻之，乃去。

日屆清時節，時當欲曙天。
槍聲驚忽起，心悸不能眠。
斷續聽清晰，稀疏漸寂然。
方疑窮寇退，何意守軍旋。
蟻賊如蝗至，須臾遍市廛。
殺人如草芥，劫物累山川。

閭舍炊烟歇，郊坰野火燃。

挨家搜索急，按籍悉株連。

民望遭駢戮，人民苦倒懸。

烏雲壓城闕，蚩霧蔽青天。

犬吠連深巷，人聲俱悄然。

家家嚴閉戶，處處少人烟。

九陌咸沉寂，六街無喧闐。

居民皆戰栗，惟恐禍相延。

余亦閉門住，雙扉扃且堅。

惟思書與幟，斯乃賈禍緣。

毀之殊不願，藏之不安全。

反復重考慮，誓死不肯捐。

決心爲革命，處之若泰然。

俄聞足音急，呼嘯相蟬聯。

啓戶竊窺視，賊兵遽趨前。

持槍門扇戳，其勢極狂顛。

情急生勇氣，以手握槍尖。

抗聲禁暴動，盡力握之堅。

復以理相喻，毋得擾閭閻。

軍人重紀律，何得任胡爲。

斯時吾母出，手持鐵火籤。

從容以理喻，義正而詞嚴。

吾家本儒素，那有許多錢。

不能遂爾欲，速去勿遲延。

兩賊皆氣沮，相顧無一言。

逡巡急退去，送之出門沿。

放手揮之去，賊去如溜烟。

財物無所損，旗印尚保全。

全家相慶幸，鄰舍亦欣然。

【注】

按籤句：傳聞有奸人獻進步人士名單於賊軍。

避亂巷口

泰城爲賊兵所占，吾母命避居城北水鄉港口

倉皇避亂欲何之，四顧茫茫只覺迷。

烽火滿城離虎穴，烟波一棹赴龍溪。

避秦無地今何世，亡楚由天會有時。

爲念北堂虛定省，牽裾何忍別慈幃。

【注】

　龍溪：港口古名。

秋　興

七律八首和杜工部韵。辛未十月作於無錫江蘇教育
學院。一九三一年。八首選三。

閱墻戰火正橫斜，坐使强胡入亂華。
鬥力惟爭秦社鹿，宣威誰泛漢臣槎。
朝門孰擊登聞鼓，塞外時傳警報笳。
北望河山悲易色，忍抛遼沈棄松花。

神州莽莽好河山，肯使淪胥夷狄間。
敵愾同仇宜共勉，存亡休戚應相關。
願羈南粵令低首，不斬樓蘭覺汗顔。
殺敵沙場思衛霍，立功異域慕張班。

等閑空白少年頭，歲月蹉跎春復秋。
憂國賈生徒隕淚，感時吳質枉工愁。

未酬壯志羞雲鵠，那有閑情效水鷗。

掃靖烟塵清海宇，重光日月復神州。

晉京請願紀行

民國二十一年十二月十七日，與江蘇省立教育學院同學同往，此詩曾載泰報。一九三二年。

夜色茫茫蒙大霧，千門萬戶猶酣寤。

紛紛隊伍八方來，口號聲聲情激怒。

怒聲直上干雲霄，萬家酣夢都驚破。

推窗啟戶看游行，知是晉京請願去。

慨自日寇侵遼東，樞謀失策不抵禦。

忍令國土日淪亡，鐵鑄六州成大錯。

匹夫有責繫興亡，吾輩何能視無睹。

滿腔熱血貯胸中，殺敵請纓恨無路。

喚起同胞四億人，國難當頭須共赴。

更向中央作懇求，速停內戰同禦侮。

俯順輿情爲國家，敵愾同仇收失土。

吾人效命作前驅，執戈衛國無反顧。

全國青年共此心，秉鈞當軸應能喻。

改弦易轍勿躊躇，挽救危亡在此舉。

袖中携得萬言書，痛切陳詞呈當路。

斯時聚集萬千人，聽罷陳詞咸鼓舞。

鼓掌振臂齊高呼，願爲後盾示擁護。

吾院諸師陸續來，相繼爲致送別語。

高師發言熱血騰，抗命責任願自負。

雷師演說更動人，慷慨激昂聲淚俱。

俞師陳師各致詞，言簡意深情愛護。

須臾汽笛一長鳴，紛紛踴躍登車去。

車輪轉動聲漸響，風馳電掣遂西上。

車輪聲與口號聲，聲聲相應更高亢。

抵抗抵抗更抵抗，一呼百應聲益壯。

響徹雲霄天欲亮，天欲亮兮天欲亮，

此行不負同胞望。

【注】

　　袖中句：數日前同學推余寫請願書萬餘言，携往南京面陳當局。

　　高師句：高陽院長初奉命制止學生晉京請願，至是激於愛國熱情，乃謂支持同學們愛國行動，願負抗命之責。

　雷師句：雷賓南教授痛陳國是，語更動人。

　俞師句：俞慶棠、陳禮江二位老師皆屬注意安全，勿作過激舉動。

胡蝶曲

　"九一八"事變發生，中央電令守軍不抵抗，不數月東北大片土地淪陷。時東北軍統帥方在北平與電影明星胡蝶跳舞，馬君武有詩云："趙四風流朱五狂，翩翩胡蝶正當行。溫柔鄉是英雄冢，那管東師入瀋陽。"有人作《胡蝶曲》詠之，有"銷盡江南十萬魂"句，同學某囑演爲長歌紀之。

胡蝶翩翩舒綉翼，飛遍江南又冀北。
艷質天生世鮮儔，人間爭欲親顏色。
銷盡江南十萬魂，又摧冀北三千魄。
北門鎖鑰寄干城，年少風流慕傾國。
聞道名姝蒞舊都，爰驅寶馬兼程入。
十里香塵夾道鋪，兩行簫鼓沿途列。
將軍慕艷早傾心，往日聞名今面識。

狂寇東來豈足憂，美人一見殊難得。

美人家住水雲鄉，生小嬌憐羅綺香。

冰雪聰明鍾碧玉，江山靈秀毓紅妝。

臉渦淺淺芙蓉暈，眉黛深深柳葉長。

玉貌已堪稱絕代，珠喉況復擅當行。

停雲墮月歌聲曼，翥鳳迴鸞舞態詳。

藝重瑤臺名第一，影呈銀幕譽無雙。

聲容並擅無雙譽，早向銀帡推獨步。

尊號榮膺皇后稱，芳姿直使姮娥妒。

人間脂粉俱蒿萊，天上嬋娟亦塵土。

四海爭傳姓字揚，五洲競播聲名著。

聲名遠向寰中播，色藝允宜天下選。

爲國爭光借美人，星軺出使雲程遠。

折衝樽俎任彌隆，載譽歸來名益顯。

名顯五洲昭四海，人人爭欲瞻風采。

倩影流傳遍里閭，芳踪到處傾朝野。

瀋陽鼙鼓揭天來，盛會歡迎殊未懈。

五千貂錦宴佳人，百萬貔貅尋主帥。

主帥遼東擅開府，任重封疆司守土。

幸叨餘蔭受榮封，年少寧知創業苦。

銜哀未報戴天仇，快意惟躭交際舞。

舞伴如雲看不足，腰枝如柳顏如玉。

環肥燕瘦總堪憐，爭及此娃蕩魂魄。

華燈隱隱閃霓虹，儷影雙雙舞鸑鷟。

伴奏琴聲嬝嬝揚，驚心烽火熊熊燭。

一曲霓裳舞未終，三千羽檄無心矚。

酒綠燈紅未盡情，國讎家恨無須復。

中樞有敕休用兵，莫怪將軍徒悮國。

【注】

　　爲國二句：曾與梅蘭芳同赴歐出席國際電影戲劇會議。

【評】

　　從《長恨歌》、《圓圓曲》脫胎而出，對比緊密，詞鋒犀利，結句點出主旨，非泛泛記事之作也。

觀萬水千山電影歌

　　一九六一年二月二十日觀此電影後作古風一百零四句。

吁嗟兮,革命英雄誠偉矣,創造奇迹耀青史。

身歷一生經九死,足跋千山涉萬水。

可歌可泣事何多,亦悲亦壯情難已。

堅貞志決鬼神驚,震鑠功成天地喜。

革命史迹訝空前,不及長征二萬五千里。

長征故事亦曾聞,將信將疑事假真。

詩篇寫出寧欺我,銀幕演來更動人。

寫景寫情都入骨,繪聲繪影足傳神。

情節緊湊無懈擊,故事安排有序循。

故事演自大渡河,形勢險惡毛骨酥。

隔岸危岩森峭壁,滿河駭浪挾驚波。

舟棹橋梁一無有,三軍欲渡可奈何。

橫江惟見鐵索寒,滑惚飄搖堪恐怖。

矯捷猿猴不敢攀,行人到此誰能度。

任務迫切心膽壯,壯士一怒孰可擋。

沖鋒小隊忒英雄,振臂一呼緣索上。

鐵索搖空眾命懸,須臾生死隨奔浪。

緊急跟隨鋪板去,倥傯任務尤艱巨。

風搖板蕩豈能行,索滑淵深渾不顧。

前仆後繼不稍停,終將勝利完任務。

更從陣地施威力，彈雨槍烟彌劇烈。

掩護三軍盡渡河，擒俘掃穴殲頑敵。

大軍挺進向西行，跋涉山川萬里程。

原始林中留足迹，荒凉谷口拭征塵。

幾日征程到雪山，雪山高聳入雲間。

四顧蒼茫人迹絕，哀猿裹足鳥飛還。

自古無人能越過，紅軍到此強登攀。

岩危徑險溪莫測，積雪沿脛下步難。

況復朔風直怒吼，卷起雪花大如斗。

雲稠雪暗日迷離，氣薄風狂身顫抖。

軍行前進無反顧，牽衣挽臂上山去。

峨峨雪嶺萬重山，履險如夷終越過。

上山不易下山難，雪硬冰堅滑似丸。

身似滑溜到山麓，三軍相向盡開顏。

行行又至毛兒蓋，此地乃係藏族界。

藏民熱烈備歡迎，中有老人更熱愛。

命女殷勤慰病員，牽駒慨贈駄軍械。

一四兩軍大會師，北上趕赴抗戰期。

爲策安全開僻徑，不辭艱頓走荒蹊。

荒蹊須經大草地，莽蒼一片望無際。

草深水惡地淋漓，雨驟風狂天變異。

三軍到此不寒心，一鼓毅然能作氣。

踴躍急先入草叢，草深不辨路西東。

偶行淺淖能埋脛，誤入深潭遂失踪。

寸步難移筋力盡，汗流浹背憩途中。

中有傷員扶創起，鼓勇前行行復止。

痛深創巨力難支，英雄一笑爲國死。

寄言同志莫悲哀，革命艱難殊未已。

三軍收淚復前行，振奮精神重抖擻。

勢如猛虎下山坡，形似疾風掃拉朽。

殘敵當之頃刻殲，駢肩抗日同禦侮。

敵愾同仇鬥志昂，從茲勝利奠基礎。

吁嗟兮，革命功成豈等閑，長征事迹備辛艱。

無數英雄拋白骨，幾多壯士凋朱顏。

不經艱苦更奮鬥，怎教地覆與天翻。

觀者唏噓咸太息，我亦爲之興長嘆。

吟成長歌記其事，敢期留作史詩看。

記二十六屆世界乒乓賽

四首錄二。一九六一年七月在北京舉行，中國獲得男
女雙冠軍。

登場選手自諸邦，球藝高低此校量。
老將新兵欣對局，夫妻父子喜同場。
莫誇種子聲名著，還看神童技術强。
各奮精神顯身手，相期爲國各爭光。

健兒逾戰逾增强，角逐周旋歷幾場。
短截長抽都入妙，輕搓猛殺顯專長。
全場注目觀精彩，定局關頭最緊張。
畢竟中華好兒女，冠軍榮獲喜成雙。

黃河頌

一九八四年冬,鄭州市黃河岸闢游覽區,建碑三十座,邀全國名書家書碑,請余撰詞,此詞已經刻碑。

浩浩黃河,源遠流長。

粵在遠古,泛濫成殃。

厥有神禹,疏導有方。

平治水土,民獲安康。

炎黃苗裔,生聚繁昌。

中原文化,自此發揚。

歷代建都,城闕輝煌。

周秦兩漢,魏晉隋唐。

迄於北宋,京邑堂皇。

二千餘載,歷史綦詳。

古迹文物,煥發幽光。

今逢盛世,國運隆昌。

大興水利,根治淮黃。

鑿山築閘,鞏固堤防。

控制流量,永絕灾荒。

生民利賴,日臻富强。

河清人壽,幸福無疆。

喜聞成昆鐵路建成通車

一九五八年開工,一九七〇年一月通車

新邦建樹宏規立,空前創造多奇迹。

移山倒海具雄心,戰地鬥天饒毅力。

水利曾興千載功,交通又建驚人業。

前有成渝繼寶成,萬山叢裏通車轍。

今日成昆又建成,西南動脉從兹闢。

吁嗟兮,自古人言蜀道難,道經萬水歷千山。

况復西南大山地,横斷山脉阻其間。

山勢磅礴復逶迤,崎嶇險巇更巉巖。

下臨不測之深淵,上有飛流與急湍。

高下懸殊千萬仞,氣候相差暑與寒。

峽谷之中風力烈,飛沙走石亂紛翻。

更有暗河爆泥兼石流，深險淋漓不可攀。

猿猴哀啼鳥飛絕，更無人迹至其間。

工程專家感束手，對此搔首興長嘆。

新邦兒女雄心壯，困難越多越敢上。

伏虎降龍膽氣豪，拏雲摘日胸懷暢。

要立人間不世功，開天闢地須能創。

發憤圖強矢信心，艱難險阻何能抗。

生死安危不顧身，燠寒飢渴全都忘。

手胼足胝不辭辛，怵肺嘔心勞想像。

想像如何能實現，有志竟成堅信念。

堅持信念矢恒心，十二年來如一日。

百年大計費經營，千里山川起巨變。

鑿嶺穿崖隧道通，劈山斬水橋梁建。

屈曲盤旋鐵軌鋪，飛騰馳驟車輪捷。

一千餘里本非長，但在高山巨谷之間不尋常。

穿過大小二凉山，跨過怒濤澎湃金沙江。

二點五里一隧道，一點七里一橋梁。

全長一千餘公里，工程艱巨世少比。

英雄志業自稱奇，人定勝天良有以。

車輪馳驟氣飛揚，舉國歡呼喜若狂。

今日大功終告竣，交通史上耀新光。

君不見新邦建立廿四載，成就輝煌放異彩。

昔日備受列強欺，今日頓教舉世駭。

豈徒科學技術足超人，更緣思想意識能挂帥。

讀武林張慕槎先生寄示五洩吟賦此答之

七古柏梁體。　一九七七年

　　慕槎先生曾任蔡廷楷將軍秘書，現爲浙江省政協委員。詩才橫溢，寄來《五洩吟》五古一百二十韻，讀罷稱快，賦此答之。五洩在浙東諸暨、富陽、浦江三縣之交，有東西兩龍潭、七十二峰、二十五岩、三十六坪之勝，尤以五道瀑布爲奇，因名五洩。明袁宏道嘆爲東南山水冠，黃山不及也。慕槎先生游此，奇賞不置。

五洩山水天下奇，崢嶸突兀擅雄姿。

鬼斧神工誰鑿之，傲然不求世人知。

古人咏之未盡詞，武林張老爲賦百韻詩。

健筆揮灑信手爲，詞源倒流三峽欹。

波瀾壯闊無涯涘，浩浩銀河瀉天池。

奔騰澎湃萬馬馳，窮極形像盡幽微。

繪聲繪影狀容儀，天地之秘揭無遺。

我讀君詩神欲飛，乘風直到浙江隈。

漫游五洩山水湄，親見七十二峰三十六坪之嶔崎。

千態萬狀勢險巇，更觀瀑布之澌澌。

宛如白練搭天梯，又如玉龍飛起挾雲霓，使我目炫復神迷。

但覺天風蕩蕩雲凄凄，心旌搖搖不自持。

吁嗟兮，誰謂大造無偏私，胡爲江山靈秀獨鍾斯。

更遣才人誕於兹，揮毫拈鬚發奇思。

發爲長歌駭神祇，濡染大筆何淋漓。

五色雲彩任意施，九天珠玉下霏霏，遂使祖國山川增光輝。

陋盧歌贈主人陳玉清

乙己秋。　一九六五年

天地抑何陋，覆載有缺德。

山川有崩漿，日月有虧蝕。

節候失調和，寒署殊冷熱。

風雨常非時，江海常泛溢。

陰陽每差錯，災害時不測。

自古常如斯，大造多蹉失。

聖賢亦何陋，枉自稱明哲。

所言不能行，才智有時竭。

孔孟言仁義，棲遑不稍息。

陳言多迂闊，難濟天下溺。

身否而道窮，傷麟嘆鳳殪。

顏閔曾原輩，所學曾無缺。

忠信而篤敬，言行能合一。

窮困終其身，蒼生受何益。

後賢更何論，志行徒高潔。

力絀而心餘，其愚不可及。

君以陋名廬，其意欲何居。

問君君不答，笑而轉詰余。

豈厭居處陋，隨寓而安舒。

茅茨而土階，盛德稱唐虞。

顏子在陋巷，簞瓢樂有餘。

蕭然四壁立，茂陵臥相如。

環堵侵風日，淵明意自娛。

茅屋秋風破，杜陵作長歌。

夢得銘陋室,德馨惟在吾。

震川項脊軒,塵泥滲漉污。

野人居陋軒,清風礪簾隅。

君子居何陋,潤屋非吾徒。

丈夫志天下,安事一室除。

身居數椽屋,心懷天下居。

六合爲衡宇,四海爲門閭。

胸中天地闊,宇宙亦區區。

自有吾心樂,更無居室虞。

室下高人榻,門停長者車。

座上客常滿,樽中酒有餘。

我來常不速,喜爾德不孤。

平生知己少,舍爾其誰歟。

爲君歌陋室,君意謂何如。

【注】

野人句:清初詩人吳嘉紀,號陋軒,泰州人。

詞選

沁園春

代《京華攬勝游草》序

京國觀光，千里來游，萬象崢嶸。看天安門上，國徽光耀，廣場大道，車轍縱橫。大厦摩天，閭閻撲地，盛世風光盡向榮。訪名勝，遍故宮禁苑，古刹名園。　　登臨萬里長城，覺祖國山河錦繡呈。喜新天日月，中興氣象，無邊烟景，豁我胸襟。十日游程，一囊收獲，快意平生是此行，留鴻印，覺賦詩萬首，難盡心聲。

金縷曲

二闋寄仲一侯師故里。師名中，字率民，南社社員。　一九五九年。二首選一。

海上棲遲久。十年來，夢魂縈繫，故鄉師友。春樹暮雲徒悵望，贏得幾回搔首。願盛世，河清人壽。風物城民今異昔，問當年，游釣堪尋否。三徑茂，黃花瘦。　　秋風蕭瑟霜華透。嘉聞道，別來無恙，生涯依舊。守缺抱殘殊未懶，豈爲虛名身後。留少許，後昆消受。珍重名山千載業，把平生、著述完成就。傳奕祀，垂不朽。

西江月

甲辰上巳，樂天詩社小集國際飯店廿四層樓茶會。一九六四年。

廿四層樓縱目，八方風物全收。陽春烟景滿神州。南國鶯花如綉。　　禹甸山河再造，堯天日月方遒。尊前人物盡風流，歌頌河清人壽。

浣溪紗

次韵呈沈瘦石詞丈。瘦石老人爲上海市文史館館員，前光華大學教授，參與編輯《辭海》。

偶謫塵寰寄此身，前生合是謫仙人。暮年詞賦似蘭成。　　懸腕筆酣恣酒力，沁脾茶冽佐詩清。墨池烟水足怡情。

【評】

瘦老曰："懸腕一聯，置之唐人集中，幾不可辨。"

減字木蘭花

余以水仙花十絕一律呈瘦老，蒙答以《減蘭》一詞，依韵答之。

清詞秀句，喚起湘魂渾欲語。彩筆通神，寫出凌波玉貌真。　　神仙欲下，陳王詞賦誰能假。花若能言，應謝多情沈下賢。

【評】

瘦老曰："丰神綺麗，仙骨珊珊。"

鵲踏枝

送春，和吳沛和詞丈韵

十丈游絲橫陌路。喚徹鶗鴂，莫向天涯去。楊柳千條縈別緒。綠陰望斷無窮樹。　　小別胡爲情太苦。待到明年，依舊春來住。記取長亭珍重語。銷魂無那臨歧處。

清平樂

春雨，和唐墨倩女史。　乙卯春

薄寒猶峭，睡起遲春曉。細雨打窗聲悄悄，滴碎愁心多少。　　霏霏漠漠連霄，沉陰悮盡花朝。無限陽春烟景，祇愁黯黯全消。

臨江仙

題錢釋雲詞丈《梅邊覓句圖》

南嶺春光回大地，詩人興會無量。故園鄧尉是仙鄉。東風吹雪海，十里播寒香。　　詩料無窮搜不盡，花前仔細平章。芬芳沾得滿衣裳。推敲殊未已，春日爲君長。

水調歌頭

無錫趙天凡先生，現任甘肅師大文學教授，由凌會五學兄教授介紹通唱和。頻年以來，頗有贈答。近寄來《水調歌頭》一闋，頗有倦鳥歸林之意。梁溪爲余五十餘年前負笈之地，太湖烟水，惠錫雲嵐，猶繞夢魂。今讀君詞，不禁神往，爰步原韵，奉和一首，以寄吾思。

少作梁溪客,屢上惠泉山。假日相携俊侶,綠鬢更朱顏。信是風華正茂,指點江山吟嘯,意氣薄雲端。此境今何在,白髮鏡中看。　　駒光逝,滄桑易,換人間。憶昔書聲琴韵,猶在夢魂間。聞道暮年松雪,心戀五湖烟水,杖履幾時還。願與君同去,携手再登攀。

浣溪紗

題南滙姚養頤詞丈《草堂填詞圖》。　丙辰三月

一境翛然迥絕塵,四圍花木駐長春。中間著個老詞人。　　檻外雲山供放眼,尊前風月伴吟身。無邊烟景四時新。

於中好

謝上海畫院女書法家周慧珺贈行書一幀

藝苑驚才早負聲,臨池書法若通神。銀毫落紙烟

雲起,墨瀋生花錦綉成。　　舒鐵腕,力千鈞。龍騰
虎躍勢嶙峋。一箋惠我無瓊報,聊譜新聲致謝忱。

西江月
謝上海畫院名書家胡問遂贈行草一幀

書法兼長諸體,臨池行草尤工。龍蟠鳳翥妙無
窮。但覺鱗張羽動。　　疏密咸臻化境,安排更見深
功。一箋惠我盛情隆。誼比楚珩價重。

蝶戀花
和李夏陽學弟韵,即寄南京。夏陽名進,江蘇省文聯主席

卅載離鄉來客滬。屈指生年,已逾從心數。眼底
滄桑經幾度。新天風物今非故。　　燕舞鶯歌看處
處。無限風光,載得詩囊富。開闢詞壇新道路。從君
再學邯鄲步。

附夏陽原作贈石堅一闋:"我在金陵君在滬。青鳥傳音,來去飛無數。三十餘年逢幾處。今朝相見情豐富。 憶得征途同起步。戰鬥生涯,幹勁當如故。相勉堅持真理路。追時更具新風度。"

卜算子

梅頌,吊周總理也。示劉康德弟

賦性本貞剛,骨格堅如鐵。戰勝冰霜燦爛開,天下春光溢。 結實重調羹,不競花枝艷。渺渺仙踪何處尋,千古思芳冽。

水調歌頭

李劍青兄自揚州來滬。 一九七八年七月廿四日

一別逾三載,何日不思量。望殘二分明月,一日幾迴腸。今獲滬濱重聚,喜見鬚眉矍鑠,壯志老彌強。發奮鑽科技,欲爲國爭光。 攀絕頂,創奇迹,放光芒。英才樂育,欣看桃李競芬芳。此日辛勤培植,待

攜他年果實，夙願定能償。雨過開新霽，好景正無央。

金縷曲

二闋

戊午九月廿六日故里辭京哥返滬，賦此留別。　一九七八年。

子京哥自遭四人幫迫害後，病勢日重，近函促余返里探視。余于上月廿四日歸來，見其病體龍鍾之態，心爲之痛。適泰州市公安局來人告知，對于所受冤情，予以徹底平反，出示公安局文件，並致慰問，定期由街道辦事處開會宣布。余留一月又二日，今返滬，賦此留別。

握手臨歧處。怎能禁、凄然相對，默然無語。會少離多今又別，熱淚欲流還住。覺無限、哀情欲訴。自古銷魂惟別意，更那堪、兄弟俱年暮。光陰逼，留難駐。　　同懷自幼傷孤露。憶當年、聯床風雨，艱危共度。酷雪寒霜經歷遍，何限蒼凉凄楚。念伯氏、生涯太苦。十載凶魔施迫害，致纏綿、一病今如許。情何忍，舍兄去。

莫道儒冠誤。算平生、名山事業,五書鴻著。瀝血嘔心渾不管,爲紹先人遺緒。更寫出、拼音韵語。贏得知音青眼顧,爲進呈、樞院邀嘉許。竟爲此,遭橫禍。　　寒冰冽雪都經過。十年來、陰霾蔽日,豺狼當路。何幸春雷今一震,掃盡一天雲霧。看日月、重光天宇。卞玉隋珠終克售,算平生、辛苦曾無負。願自攝,邀天祐。

【注】

　　贏得句:京哥著有新韵及拼音盤,由泰州市政協主席高壽徵轉呈科學院,蒙復函嘉許。

賀新涼

　　李天行吟丈折柬相邀觀菊,時余已來泰,不獲應命,賦此寄之。戊午十月十六日寄自泰州。

秋老重陽後。又將臨、愚園賞菊,小春時候。三徑百花齊吐艷,萬紫千紅競秀。想賓主、豪情依舊。擊鉢聲中成好句,爲名花、生色多佳構。花長好,人長壽。　　年年此會而今又。料當筵、興酣筆落,毫馳墨驟。惜我隻身歸故里,未獲叨陪座右。羨諸老、者番消受。花下傳箋爭雒誦,想聲如、金石層霄透。問錦什,誰先就。

【注】

又將句:每年此時,皆邀集吟朋賞菊。

滿江紅

爲杭州市修復岳廟作。一九七九年八月

天壤英雄,千載下、何容誣蔑。欲自絕,何傷日月,終歸消滅。毀譽於今真僞判,正邪自在人心別。信是非、真理豈容翻,古今一。　　興廟貌,彰忠烈。修墓闕,表芳迹。看巍巍岳峙,湖山勝迹。正氣千秋充宇宙,丹心萬古昭天日。喜有司、此舉振綱常,群情悅。

【注】

丹心句:正殿有葉劍英書"心昭天日"匾額。

金縷曲

庚申春趙樸初先生爲吾鄉喬園招待所手書三峰草堂
額，賦此謝之。

碩望隆山斗。早心傾、士林冠冕，書壇祭酒。八
法精研深造詣，綜合真行隸籀。更融會、鍾王顏柳。
尺楮寸縑天下重，得片箋、榮比金章綬。誠何幸，蒙親
授。　　吾鄉勝迹湮淪久。今重修、喬園遺構，規模
還舊。獨惜前賢書額闕，敢乞高人名手。承揮翰、臨
池書就。墨瀋流輝光彩燁，爲增華、吾邑園林秀。留
勝迹，山川壽。

賀聖朝
和四明鄔式唐詞丈八四生朝抒懷原韻四首之一

揮戈欲返西沉日，信宵旰無逸。白頭搔短不知

疲,吐心聲真切。　　　海宇澄清,倦鵬思奮,再展沖天翼。壯懷激烈注毫端,筆扛千鈞力。

思佳客

題自繪柳亞子先生像,一九八六年應吳江黎里鎮柳亞子故居紀念館之請。余幼年詠春筍詩曾邀激賞賜和。

早結神交締墨緣,回思六十有餘年。一箋蕪草邀青賞,雪和承頒錦綉篇。　　　思往事,夢魂牽。識荊未遂別人天。故居索我爲圖像,寫就遺容寄慕虔。

金縷曲

賀樂天詩社成立四十周年紀念。本社成立于一九四九年,創始人鄭寶瑜當選爲社長。一九五一年張方仁爲社長。十年動亂中解散,一九八五年張方仁恢復。

壇坫蜚聲久，憶當年、滬濱結社，以詩會友。風虎
雲龍群彥集，雅頌新聲迭奏。誠勝事、空前未有。十
載陰霾曾絕響，幸重撐、旗鼓勞張叟。中興業，功不
朽。　　風流一代推魁首，喜來儀、新知舊雨，一時名
宿。四海望風咸向慕，詩卷如雲飛驟。允盛世、風騷
淵藪。與國同庚經卅載，祝嵩齡、長共山河壽。興詩
教，光華冑。

鷓鴣天

賀遼寧電視臺建臺二十五周年紀念。一九八五年來
函徵求，承贈一本巨型紀念冊。

咫尺銀屏萬象呈，聲光並顯現分明。見聞廣播增
民智，治化宏宣達國情。　　鳴盛世，頌中興。光榮
任務著勛勤。建臺廿五周年慶，聊獻蕪詞致賀忱。

浣溪紗

同社翁宗慶吟丈出示其先王父松禪司農謝家橋夜泊待潮《浣溪紗》詞，囑爲繪圖，圖成題詞於上，次司農原韻。一九九二年。

宦海浮沉起伏潮，無端風雨促歸橈。黯然回首灞陵橋。　　屈子忠懷荃不察，賈生涕淚恨難消。心憂社稷似危巢。

附翁松禪司農原作：

錯認秦淮夜頂潮，牽船辛苦且停橈。水花風柳謝家橋。　　病骨不禁春後冷，愁懷難向酒邊消。却憐燕子未歸巢。

附録

對　聯

孫中山先生追悼會

民國十三年三月十二日，中山先生逝世于北京，泰州於三月十六日舉行追悼會，余時在淮東中學初中肄業。

赤手挽乾坤，永除專制，肇造共和，四億同聲稱國父；
丹心昭日月，遠樹邦基，長留民則，千秋遺教囑邦人。

挽袁康侯夫子

諱祖成，泰州人，清諸生。民初任東海縣知事，解組後回鄉創設淮東中學，任校長。民國十六年春孫傳芳殘部陷泰州，被捕罵賊不屈，殉難。泰州烈士紀念館有名。

東海莅官，安良除暴，西山罵賊，取義成仁，立懦廉頑崇大節；
梓鄉興學，爲國儲才，蘭陔奉親，率民盡孝，敦風礪俗著芳型。

【注】

西山罵賊：西山寺在泰州西門內，公就義之所。

玄武湖公園聯

千頃湖光，烟波浩渺，四圍山色，雲樹蒼茫，放眼真疑天地外；

五洲島嶼，花木扶蘇，百畝園林，樓臺掩映，置身如在畫圖中。

莫愁湖公園聯

王氣黯然收，霸業已隨棋局換；
湖光依舊好，英雄還藉女兒傳。

挽俞鳳岐老師

俞師諱慶棠，女，太倉人。前江蘇省立教育學院教授，研究實驗部主任，解放後任教育部社會教育司司長。

是群眾的導師，為民主奮鬥，為教育獻身，聽其所言，察其所行，瞑目合千秋，遺惠在人垂不朽；

　　視學生如子弟，具父兄嚴毅，具母姊慈祥，愛之以德，待之以誠，愴懷溯廿載，深恩翼我未能忘。

挽梅蘭芳先生

　　字畹華，泰州人。工京劇，爲當代劇壇泰斗，解放後任中國戲劇學院院長。殁於一九六一年，泰州市政協徵求挽詞。

　　舉鳳迴鸞，引商刻羽，絕藝擅梨園，一代聲華蜚薄海；
　　蓄鬚明志，援手賑灾，高風崇梓里，千秋典範重鄉邦。

爲泰州喬園招待所撰聯

　　一九八二年。喬園爲清喬鶴儕中丞之家園，有古三峰石，爲吾邑有名之園林，荒廢已久，解放後改爲招待所。

　　花柳無私，一境天留供逆旅；
　　滄桑幾易，三峰石在迓歸人。

泰山公園楹聯二副

古埠斜陽留戰壘；
草堂春雨紀騷壇。

淮海名區，漢唐古郡；
湖山勝境，日月新天。

諸暨西施廟聯

忍辱事仇，矢志無殊勾踐；
沼吳復越，論功不讓鴟夷。

嵊縣王羲之墓聯

書聖此長眠，墓闕重修，萬里游人瞻勝迹；
文星斯永耀，藝林共仰，千秋學子沐餘光。

挽内子徐慶禎

一九八四年十二月廿六日病逝於金山衛長女秋玲家。

五十載形影不離，艱危共度，辛苦備嘗，垂老更相需，脫屣緣何拋我去；

七一歲年齡非短，藥砧猶健，蘭桂齊芳，壽終應無憾，鼓盆聊合爲卿歌。

賀中華詩詞學會成立

余爲發起人之一。該會一九八九年五月成立，上海詩詞學會徵求楹聯。

雅頌著神州，源溯千古，派衍百家，從葩經以降，屈子澤畔之吟，蘇李河梁之作，兩漢六朝，三唐二宋，格嚴絶律，句謹短長，藻彩紛披，笙簧叠奏，餘音遺韵，戛玉鏗金，馳譽萬邦垂奕祀；

謳歌鳴盛世，響徹九霄，聲蜚四海，自華夏復興，毛公倡率於先，周陳繼承於後，葉帥董老，吳翁郭叟，詞挾風雲，筆搖河岳，山川生色，日月增輝，振彩揚芬，含英吐馥，發皇傳統佐明時。

湖南酃縣炎帝陵聯

一九八九年十月，炎帝陵博物館來函徵求。

繼伏羲代王天下，樹穀粒饑，嘗草療疾，造福洽黎元，開闢
洪荒贊化育；

先有熊肇奠邦基，敷教立政，興利除害，遺徽垂奕祀，追維
禰祖號炎黃。

福建廈門植物園鄭成功紀念館聯

該館來函徵求。此聯載於三十周年紀念冊中，并勒巨
石於園內。

勝境夙彰聞，迹著延平，千古江山留正氣；
名園宏建設，聲蜚閩海，四時花木駐春光。

泰州革命烈士紀念館楹聯
一九九二年

獻身革命，取義成仁，國史紀勛勞，一片丹心昭日月；

飲水思源，報功崇德，鄉邦建祠館，千秋正氣鎮湖山。

普陀山普濟寺楹聯

一九九〇年秋游普陀山，承妙善方丈招待，書此贈之。

覺岸同登，世界三千皆樂土；

慈航普渡，人民卅億盡歡顏。

王退齋先生擔任的主要社會職務

上海半江老人詩畫社社長

江南詩詞學會副會長

中華詩詞學會理事

上海華興詩詞研究會名譽會長

上海市文史研究館春潮詩社副社長

上海詩詞學會顧問

上海徐匯區書畫社顧問

上海香山書畫研究社顧問

上海會友詩畫研究會顧問

上海春風詩社名譽社長

上海華夏書畫聯誼社學術顧問

中國南海禪畫研究院名譽院長

紐約四海詩社名譽社長

新加坡新聲詩社名譽社長

全球漢詩總會名譽理事

王退齋被收藏的主要作品

1984 年爲梅蘭芳畫像由梅蘭芳史料陳列館收藏（另一幅由泰州博物館收藏）

1985 年爲淮安周總理紀念館作畫及書法並被收藏

1985 年爲遼寧電視臺建臺 25 週年饋贈書法作品並被收藏

1986 年上海交通大學收藏王退齋祝賀校慶圖

1987 年江蘇省文史館收藏王退齋畫作及書法作品

1988 年江蘇文史館收藏王退齋書法作品

1988 年爲蘇北海安聯合抗日會址、韓國均故居紀念館繪抗戰先鋒韓國均紀念像

1989 年上海文史館收藏王退齋畫作

1990 年甘肅文史館收藏王退齋畫作

1990 年爲傅抱石紀念公園題對聯勒石刻區

1990 年爲傅抱石紀念公園畫傅抱石紀念像

1990 年向十一屆亞運會捐畫並被收藏

1991 年爲上海民政局救災活動捐畫

1991 年爲上海佛教協會捐畫參與號召全國救火行動

1991 年爲上海南浦大橋合龍慶典作畫並被收藏

1991 年爲安徽筆架山救灾捐畫

1992 年爲東亞運動會籌辦工作捐畫並被收藏

1992 年爲上海黄浦區助殘協會捐畫並被收藏

1992 年上海市老年基金會收藏王退齋畫作

1992 年參加黨的十四大(神州大地生機勃發)創作

1993 年爲中國人民解放軍上海前綫基地作畫並被收藏

1995 年爲王羲之墓地重建等作詩詞留書法並被收藏

1995 年泰州圖書館收藏王退齋畫作

1996 年泰州博物館收藏《退齋詩鈔》

1997 年爲第八屆全國運動會捐畫並由組委會收藏

1997 年泰州博物館收藏"退齋畫集"

2000 年泰州圖書館收藏《退齋詩鈔》

以下時間不可考:

北京大學收藏王退齋繪馬寅初《百歲好學圖》

爲吳江柳亞子紀念館繪柳亞子像

爲蔡元培紀念館繪民主革命家蔡元培紀念像

爲秦少游紀念館題詞刻區

爲炎帝陵題楹聯勒石立碑

爲厦門植物園等書寫詩詞、楹聯勒石立碑

爲上海静安寺,杭州靈隱寺,寧波天童寺,鎮江金山、焦山,
泰州光孝寺,上海龍華寺,普陀普濟寺繪製佛像圖

爲上海百歲壽星蘇局仙繪像

爲對上海有特殊貢獻的十名歷史名人畫紀念像：

徐光啓　蔡元培　陸游　潘恩　董其昌　魯迅　陳化成
陳其美　柳亞子　于右任

王退齋年表

王佩玲

1906 年　10 月 28 日，王退齋生於江蘇泰州。原名均，字治平，退休後號退齋。

1929 年　考入江蘇省立教育學院。

1933 年　獲教育學學士。

1934 年　任無錫縣立拜官莊農民教育館館長。

1937 年　任全國民衆教育幹部人員講習班（在南京）指導員。

1937 年　任泰州時敏中學教導主任。

1941 年　泰州淪陷，辭職失業賣字畫爲生。

1944 年　任江蘇省教育局泰縣督學。

1945 年　在上海市市立實驗民衆學校任職。

1946 年　任上海市南匯縣政府教育科科長兼縣立師範學校校長。

1947 年　任上海市第一國民教育示範區指導員。

1949 年　上海解放，留任上海市立博愛學校校長。

1953 年　調至上海市建平中學工作。

1955 年　調至上海市統計局任經濟地理教員。

1961 年　調至上海市新會中學工作。

1966 年　退休。

1984 年　由汪道涵市長聘請進入上海文史研究館。

2003 年　11 月 1 日辭世。

跋

張青雲

　　夫海陵一地，雄鎮江東。漢唐古郡，賢哲代興；淮海名區，文章炳煥。翡翠蘭苕，邑富珠璣之製；申椒菌桂，家多騷雅之材。安定心齋，列儒林以並轡；孝威嘉紀，騁詩國而連鑣。惜乎代遠年湮，斯人不作；時移世易，古調寖荒。然則桑枯漚滅，猶有盡時；薪盡火傳，豈無來復？雅道別傳，行見俊人間出；鄉風不墜，終教英物挺生。若近世王退齋先生，蓋其人焉。

　　先生總角岐嶷，少年俶儻。克紹先芬，衍三槐之奕葉；纘承家學，獵四部之菁華。蚤歲則上庠負笈，嘗服青衿；鄉校執鞭，更開絳帳。曩成《春筍》之詩，震驚老宿；繼有《秋蟲》之詠，平揖前修。月泉分課，結白社於枌鄉；湖墅題襟，契素心於梓里。譚讌盡蘇黃之匹，縞紵相歡；交遊俱陶謝之儔，苔岑同臭。惟國家不幸，時生字彗；閭里難寧，繼起欃槍。泰城淪陷，猲來猘夏倭夷；歇浦重光，涖至蠹民墨吏。先生恫邦國之危亡，攄風人之忠悃。短詠窈吟，心憂避地；獨謠孤歎，志切收京。廢池喬木之篇，堪光詩史；橫海樓船之唱，足振國魂。迨至神州鼎革，海宇澄清，先生則移硯淞濱，長作辭家遊子；傳經滬上，永爲羈泊寓公。教壇杭寶筏，咸敬人師；史館薦蒲輪，共尊耆老。景麗桑榆，享榮期之三樂；質堅松柏，奮君子之九能。社結“春潮”，哀館老以昌詩道；韻澄秋水，麾髦士而振漢聲。盟締“半江”，凝聚域中勝侶；誼聯“四海”，招邀宇内高流。復出其餘熱，鼓吹休明。脱手千篇，雞林價重；騰聲萬口，驪頷珠多。堪謂元龍之豪情未減，龜堂之矍鑠依然。矧河嶽資其嘯詠，奄有勝情；杖藜供彼陟登，復含勝具。嘗東履蘇杭，西臨秦隴，南涉星洲，北遊燕趙。店月橋霜，驛旅之情既切；溪雲壑霧，山水之趣方滋。吟賞煙霞，遊蹤既廣；寄情篇翰，吟草遂豐。厥惟去國年深，越鳥積南枝之戀；棲遲日久，胡馬有北風之思。載書返里，預志乘之襄修；橐筆還鄉，耽園林之規復。捐匏樽而獻佳槧，豈吝秘珍；贈法繪而饋古泉，不遺鴻寶。是以譽馥鄉中，長存矜式；澤流邑内，永著典型。終先生之一生，少讀楹書，中恢祖業，晚頌昌期，得不謂爲琅琊華胄、滬瀆詩豪也乎？

至若先生所爲詩詞，自濬真源，别裁僞體，踵跡古賢而善承衣鉢，獨標真我而自具爐錘。佩實銜華，直造明清之畛；舒葩振藻，遝溝唐宋之郵。奏朱弦之雅調，韻奪笙簧；裁黄絹之好辭，篇成綺繡。骨氣珊珊，羚羊掛角以難尋；丰神奕奕，香象渡河其不礙。綺懷内結，情深而文明；古意外宣，味醇而音雅。沉鬱與少陵爲近，覃思淵渟；清新則太白之遺，逸情雲湧。五首《滬上吟》，人謂導源白傅；一篇《胡蝶曲》，我推嗣響梅村。慕漁洋之神韻，《秋柳》迭賡；挹玉溪之風華，春情頻懺。所爲詩餘，亦妙解宮商，嚴符法度。心儀乎青兕，時涉沉雄；寢饋於碧山，多宗婉麗。檀板輕敲，端合小紅低唱；銅琵驟撥，是宜壯士高吟。嗟夫！異代放翁，萬首歆篇章之富；前身竹垞，一集歎藻采之工。稿豐盈篋；業已精繕於蜀箋；句好籠紗，終將貴騰乎洛紙。

　　客歲孟夏，泰州市相關文化部門聯合上海市文史館，爲紀念先生一百十歲誕辰，擬精選其遺作，釐爲一集，俾資紀念，頃以選政諈諉于余。余樗櫟散材，愧稱作手；草茅下士，敢謂選家？惟夙仰清芬，懷瑤章之汨没；長懷潛德，期秀句以重輝。雖曰濫竽，唯當力任；既爲承乏，曷忍固辭。於是窮力研尋，測蠡於瀛海；悉心甄選，采銅於寶山。盱衡全稿，期審奪之無偏；杼柚群言，俾汰裁之有據。五夜攤書，室常生白；三餘伏案，集遂殺青。是集也，綜攬勝篇，首遵約采；獨掄佳構，不務廣收。篇唯三百，庶免"貪多"之譏；質尚一流，或符"愛好"之癖。馭繁于簡，不求窺文豹之全；以少總多，將以識詩虎之大。余選稿既竣，先生女公子佩玲女史復以跋語見囑，爰濡筆敬敘先生行誼暨詩藝成就，喜梨棗之新鐫，不辭覶縷；欣瓊瑰之永壽，豈憚劬勞。小言詹詹，亦聊以申景仰之忱云爾！

作者係上海市文史館春潮詩社特聘研究員，

上海詩詞學會理事